LES CHAGRINS

Longtemps journaliste à *Libération*, aujourd'hui collaboratrice de *XXI* et de *Marianne*, Judith Perrignon avance doucement vers la littérature. Il y eut des emprunts à l'histoire, *C'était mon frère* (L'Iconoclaste, 2006), récit des six mois qui séparent la mort de Vincent Van Gogh de celle de son frère Théo ; des livres à deux, *Mauvais génie* avec Marianne Denicourt (Stock, 2005), *L'Intranquille* avec Gérard Garouste (L'Iconoclaste, 2009 ; Le Livre de Poche, 2011), ou, entre journalisme et théâtre, *La Nuit du Fouquet's*, avec Ariane Chemin (Fayard, 2007). *Les Chagrins* est son premier roman.

JUDITH PERRIGNON

Les Chagrins

ROMAN

STOCK

ISBN : 978-2-253-16176-9 – 1re publication LGF

La nuit, je mens,
Je prends des trains à travers la plaine

Alain BASHUNG

Au premier mars mille neuf cent soixante-treize, plus aucun fourgon n'avait passé la porte. Personne ne s'était assis au café Les Platanes, juste au coin de la rue, dans l'attente d'une visite. La prison était vide. Au-dessus du porche d'entrée, adossé au drapeau français, un panneau disait : Terrassement. Démolition. Entreprise Bonaldy.

Un chantier préparait l'oubli.

Puis les ouvriers étaient venus, ils avaient disparu derrière les murs. Ils étaient les derniers sur ce continent désert et ils voulaient voir avant de démolir. Alors ils avaient marché sans parler, sans outils, ils avaient regardé à travers l'œilleton grillagé des portes désormais ouvertes, mesuré de quelques pas l'espace d'une cellule à trois lits, plissé les yeux devant des graffitis, traversé des couloirs, des passerelles qui menaient de la cellule au parloir, de la cellule à l'atelier, de la cellule à la chapelle. Dans la grande salle dominée par un pupitre sur une estrade, ils avaient pensé au réfectoire, à l'atelier, à ce qu'on mange en prison, à ce qu'on y fait et à ce qu'on n'y fait plus, ils avaient deviné le ballet des religieuses menant les enfermées, le bruit des serrures et des loquets qu'on abaisse. La Petite Roquette murmurait encore.

Telle la mer à marée basse, elle dévoilait pour eux la trace de ceux et de celles que le siècle écoulé avait jetés là. Des enfants d'abord, jeunes vagabonds, voleurs ou mendiants. Ils avaient défié la police, les chemins de fer, l'autorité de leurs pères, ils avaient de six à vingt ans et avaient gravé dans la pierre des cœurs transpercés d'une épée, signés d'un *M.O.V. Courage et sang.* M.O.V. ça devait vouloir dire : Mort aux vaches. Des femmes ensuite, trop dures ou trop faibles, meurtrières, voleuses, putes, faiseuses d'anges, proxénètes, droguées, politiques ou juste coupables de chèques sans provision. Des rideaux fleuris pendaient encore devant leurs barreaux. Les démolisseurs y avaient vu des regrets cousus main, un vieux rêve d'intérieur, un éternel féminin qui toujours semble attendre quelqu'un. Ils avaient effleuré sans un commentaire.

Au bout d'une heure, ils avaient même cru voir passer le temps tel un vieux gardien poursuivant sa ronde malgré le départ des détenues, ils entendaient sa récitation, les années, les mois, les semaines et les jours, cellules fermées à 19 heures, extinction des feux à 21 heures.

Il faut être dehors pour croire le temps insaisissable.

Un matin, le tic-tac avait commencé, assourdissant, commandé depuis le ciel. Les grues étaient fin prêtes, elles avaient déployé leurs flèches. D'en haut, elles avaient regardé une dernière fois leur proie, vieille prison ronde dessinée comme une roue de vélo par un architecte d'un autre âge qui bâtissait aussi des églises.

L'arrogance changeait de camp.

Au bout d'un câble, un énorme boulet d'acier se balançait. Il allait et venait, il tapait, trouait, éventrait. Il visait au centre ; le réfectoire, la chapelle, l'infirmerie, les ateliers, le parloir, puis de plus en plus large ; la première, la deuxième, la troisième tour de guet. La citadelle s'accrochait sur ses fondations. Elle n'était pas peu fière de ses états de service. Parfois le soir, une fois le chantier éteint, une tour à moitié éventrée laissait voir ses cellules aux portes enfoncées, ça ressemblait au sourire sans dents d'une sorcière agonisante. Mais dès le lendemain, la grue reprenait son travail, le boulet son élan, et la prison s'affaissait dans un épais nuage de poussière grise.

Elle ne fut bientôt plus qu'un immense champ de gravats, dont il restait l'enceinte, six mètres de pierres noires qui tomberaient à la fin. Alors le portail avait été ouvert pour laisser passer les semi-remorques et les camions à six roues chargés des tonnes de pierres. Ils partaient à une vingtaine de kilomètres à l'est de Paris, on construisait là-bas une ville nouvelle.

Certains voisins depuis toujours intimidés par la citadelle avaient profité du va-et-vient pour s'aventurer à l'intérieur. Ils avaient longé les traces de pneus incrustées dans le sol, ils étaient entrés sur le chantier et ils étaient restés au bord, les yeux posés sur le vide. Ils n'étaient pas tristes mais ils perdaient un repère, une prison fière et ombrageuse. Ils se rappelaient que quiconque passait dans le quartier levait toujours la tête pour la regarder, que Delon et Gabin avaient tourné là ensemble, et ils n'avaient pas oublié les gros titres de la presse, l'émoi dans le quartier, quand six détenues s'évadèrent. C'était il y a longtemps, en pleine guerre d'Algérie, elles étaient accusées d'aider l'ennemi, elles avaient scié un barreau au lavabo, bricolé une corde avec leurs draps, leurs bas de soie et du fil électrique et finalement voué la Petite Roquette à la destruction. Car une prison n'est plus une prison quand le sexe faible se met à faire le mur.

Au bord des souvenirs, nul n'avait distingué les anciennes prisonnières des autres curieux, nul n'avait vu leurs membres plus raides, leur regard étrangement différent qui ne triomphait pas mais se rappelait. Elles cherchaient la trace d'un bâtiment, d'une cellule à trois lits, de ces passerelles interminables devenues lieux des rendez-vous fugaces de l'amour, de l'amitié ou de la vengeance. Elles regardaient, dans les décombres, les barreaux restés soudés à la pierre qui promettaient encore de ne pas céder, les escaliers effondrés où claquaient chaque matin leurs talons quand la sœur criait, On descend, mesdames !, les lavabos brisés, faïence sale et rouillée qui les faisait rêver de salles de bains et puis les bassines cabossées, restes d'une toilette sommaire ou des bas qui trempaient sur le bord de la fenêtre. Pour elles, et pour toujours, la prison faisait encore entendre la fouille du sac à main et la beauté congédiée dès l'arrivée. Pas de poudrier ; pas de peigne à queue ; pas de pince à épiler ; pas de crayon à sourcils ; pas de lime à ongles en fer ; pas de porte-photos !

L'écho du règlement.

Le prix d'une cigarette. Gauloise un franc trente-cinq ! Gitane filtre un franc quatre-vingts ! Allumettes quarante centimes ! annonçait chaque semaine la sœur derrière son pupitre du réfectoire.

Nul n'avait prêté attention à ces femmes fantômes, à leurs yeux posés sur le vieux marronnier couvert des cendres de la forteresse. L'arbre qu'elles effleuraient à l'heure des promenades avait été épargné, il restait droit dans les gravats, habitué à voir changer l'humeur des hommes.

Nul n'avait vu s'approcher Helena. Elle était là, elle revenait sur ses pas, comme si l'on criait son nom…

— Ouvrez la porte ! Ouvrez, Helena n'est pas bien ! Mais ouvrez, nom de Dieu !

Mais nul n'entendait. Au loin les immeubles neufs montaient vite, ils avaient un nom : Résidence des Fées. Et sur le trottoir, une autre foule, plus bruyante, se pressait.

Ils avaient des mots longs comme leurs cheveux, ils avaient parfois la carte d'un parti aux lendemains qui chantent, ils étaient l'union des femmes, l'union des vieux de l'arrondissement, l'union des parents d'élèves, le cartel d'action laïque ou les prêtres du Bon Pasteur, ils étaient unis. Ils manifestaient souvent dans le quartier, ils distribuaient des tracts, Nous nous rassemblerons toutes et tous devant la prison, ils chantaient sur un air d'Aristide Bruant, *Dans l'temps c'était une prison, On y enfermait Margoton, C'étaient pas les plus malhonnêtes à la Roquette…,* ils voulaient bâtir du rêve sur les ruines de la pénitentiaire, empêcher la spéculation immobilière, ils brandissaient des pancartes comme des tuteurs aux idées neuves, c'était la saison, elles fleurissaient partout, les idées, sauvages, rouges ou roses, elles sentaient bon. C'était l'aube.

Bientôt il n'y avait plus eu de gravats à transporter. On avait accroché un autre panneau sur le mur : Ici, sur les terrains de l'ancienne prison de la Roquette, s'élèvera un ensemble de 72 logements locatifs HLM, 30 logements locatifs pour jeunes travailleurs, 30 logements locatifs pour personnes âgées, 80 logements pour jeunes ménages, une école maternelle, une crèche, un club pour personnes âgées, une salle polyvalente, un jardin public, deux aires de sport.

Les rêveurs s'étaient bien battus.

Et quand tout avait été terminé, le mur était tombé, il était parti rejoindre les autres pierres de la prison aux fondations d'une ville nouvelle.

De la Petite Roquette, ils avaient laissé le porche, intact sous son toit d'ardoise. C'était l'entrée. Et aussi la sortie. Mais qu'importe, il n'y avait plus de sens, plus de porte, juste le couinement d'un portail sans serrure à hauteur d'enfant. La poussière d'une citadelle engloutie s'était mélangée au sable d'un square.

Le sol restait voué aux femmes et aux enfants. L'un sans l'autre, l'un puis l'autre, l'un avec l'autre, l'un contre l'autre ou l'un dans l'autre…

— Ouvrez la porte ! Ouvrez, Helena n'est pas bien ! Mais ouvrez, nom de Dieu !

Mais il fallait oublier.

— Vous n'avez pas envie d'ouvrir la porte de temps en temps ? avait demandé Marguerite Duras des années plus tôt.

Elle était assise en face de la directrice dans son bureau de la prison. C'était pour la télévision.

— Non, ça ne m'est jamais venu à l'idée. Et heureusement ! Je ne sais pas comment l'administration prendrait un geste comme celui-ci, ou plutôt si. On me mettrait à Sainte-Anne et on aurait raison !

— Je vous parle de l'envie !

— Non, je n'en ai jamais eu l'envie.

— Alors vraiment, vous êtes une directrice de prison !

— Eh bien, peut-être après tout, j'en suis fière ! avait répondu la directrice, seule femme de la pénitentiaire qui ne se laissait pas faire.

Duras avait des pensées folles et le timbre perché des impertinentes. L'émission *Dim Dam Dom* avait été diffusée un soir de novembre 1967. C'était l'aube, quelques jours avant qu'Helena s'effondre.

Novembre 1967. Une détenue tambourine contre la porte de sa cellule.

— Ouvrez la porte ! Ouvrez, Helena n'est pas bien ! Mais ouvrez, nom de Dieu !

À côté d'elle, Helena vient de tomber à genoux, puis de tout son long sur les tomettes rouges. Elle se recroqueville, passe ses bras entre ses jambes, elle mord sa lèvre, elle est toute rouge, elle voudrait ne pas crier, ce n'est pas son genre, mais soudain elle hurle, la douleur est trop forte, elle tourne de droite à gauche, les genoux au menton, elle secoue la tête, elle dit non et puis des mots incompréhensibles, il y a la terreur dans ses yeux et elle hurle encore. Alors la codétenue frappe plus fort, Ouvrez la porte ! Merde ! Ouvrez, Helena n'est pas bien ! Puis Helena reprend son souffle, on dirait que la douleur faiblit, la codétenue vient vers elle, s'agenouille, caresse ses joues creuses, collantes de cheveux et de larmes, Ça va aller tu verras, ça va aller, mais soudain la main droite d'Helena s'agite, cherche le pied d'un lit, s'accroche comme si une énorme vague allait l'emporter.

— Ouvrez la porte, par pitié ! Vous allez pas la laisser crever ?!

Combien de temps, de coups de poing contre les portes, toutes les portes, car la division entière tambourine et appelle au secours maintenant ? Trop de temps dans la prison ronde comme une roue, trop de couloirs, de passerelles, de verrous et de portes. Enfin les clés arrivent.

On transporte Helena à l'infirmerie. Les sœurs font appeler la directrice, l'ambulance, le médecin. On crie la nouvelle entre les barreaux :

— L'eau coule déjà entre ses jambes ! Il est trop tard pour l'hôpital ! On savait pas qu'elle était enceinte, elle n'a rien dit, elle ne disait jamais rien de toute façon !

Rien vu, même lorsqu'elle marchait dans la cour, poussée à la promenade par les sœurs revêches qui commandent à toutes de se dégourdir les jambes.

Sous ses grands pulls, on pensait qu'elle avait froid ! Rien entendu non plus des larmes qui coulaient la nuit tandis qu'en elle l'enfant bougeait, reste d'un amour en fuite qui ne reviendra pas. Personne ne savait. Elle-même n'a pas voulu voir. Ici, une femme sur trois n'a plus ses règles, c'est courant, le choc, d'après le médecin.

Dans les bâtiments, un étrange silence s'installe. Les portes se referment pour la nuit. Les mères se souviennent, Pousse Helena, menton sur la poitrine. Pousse !, les autres ont peur et les infanticides pleurent. Toutes se cramponnent à cet inattendu. On va bien voir si quelque chose peut éclore dans cette saleté de pierre grise.

Une fille, c'est une fille ! Nul ne peut dire si elle est à l'heure, on ne l'attendait pas. Elle est née quinze minutes avant l'extinction des feux. Une fille, une petite fille, Comme moi, comme toi, comme nous avant, avant quoi ? Avant ici, bien avant ici... La rumeur se précipite, elle emprunte les couloirs froids et les passerelles, elle enjambe les murs, se faufile entre les barreaux, bientôt la lumière va s'éteindre, mais la nouvelle est belle et se fout du noir. On entend crier, rire et pleurer, bien au-delà de l'heure autorisée à la Petite Roquette. Femmes levées tôt pour l'atelier graissent ce soir leurs désirs abandonnés. L'enfant est un petit bout d'elles puisque sorti du ventre de la citadelle. Un court instant, il remplace celui qu'on ne voit pas grandir, celui qu'on n'aura pas, celui qu'on adorait mais qu'un soir on étouffa parce qu'une vie manquée n'aurait pas dû se dédoubler. Les gardiennes répriment à peine le bruit.

Ce doit être la consigne : Laisser crier la femme qui accouche.

Une nuit sans sommeil commence. Pleine de murmures, de regrets, de prières et de berceuses. Des fées embastillées promettent à l'enfant la vie qu'elles n'ont pas eue. C'est toujours flou la vie qu'on n'a pas eue, parce qu'on ne sait pas à quel moment on s'est trompé, même quand on est en prison. Alors elles cousent des mots les uns aux autres, ressortent de vieux rêves jetés aux chiffons, convoquent la beauté, hésitent avec l'amour, se méfient des chimères qu'on raconte aux petites filles, tout en rêvant de s'envoler vers la rue juste derrière l'enceinte, rue Merlin elle s'appelle, comme l'enchanteur.

Avec un peu d'imagination, on peut donc voir passer ce soir de novembre mille neuf cent soixante-sept, à travers et au-dessus des murs, une migration de vœux. Ils vont à tire-d'aile comme dans les dessins animés. Ils carburent à la revanche et laissent derrière eux une poussière grise comme la pierre. Ils vont plus haut que les toits de Paris, couvercles posés sur des vies tranquilles, plus haut que les premières antennes de télévision qui prétendent trouer les nuages. Ils s'envolent vers un ciel déjà chargé, puisque c'est l'aube, puisque les grandes espérances conspirent et que Marguerite Duras a osé demander à la directrice si elle n'avait pas envie, de temps en temps, d'ouvrir la porte.

Elle fait ouvrir la porte ce soir-là. Helena part avec son bébé sous la lumière bleue de l'ambulance. Une circulaire stipule que si, exceptionnellement, l'enfant naît en prison, l'acte d'état civil ne doit mentionner que le nom de la rue et le numéro de l'immeuble.

Nul n'a donc jamais dit à Angèle qu'elle est née ici, quelque part sous les balançoires, le 16 novembre 1967, un quart d'heure avant l'extinction des feux.

28 juin 1967,

Helena, qu'est-ce qui nous arrive ? Pourquoi c'est en prison que je dois t'écrire ?

Hier, la police est venue. Perquisition de l'appartement, ils ont dit, ils étaient deux, ils cherchaient des bijoux, je leur répétais que tu n'étais pas rentrée depuis un moment, mais ils ne m'écoutaient pas, ils soulevaient tout, ils ouvraient tout. Dans ta chambre, ils ont fouillé la penderie, les tiroirs, les étagères. Leurs mains paraissaient immenses sur tes bibelots, sales même, quand ils ont fouillé ton lit, tes vêtements. Ils ne cherchaient pas que des colliers mais des photos, de lui, de vous, une adresse, de quoi remonter une piste, ils ont secoué tes livres, tes cahiers et tes carnets de dessins, ils en ont même emporté quelques-uns.

Dans ta collection de boules à neige, c'était la tempête. Et je me suis soudain rendu compte qu'il n'y avait rien dans ta chambre, rien du présent, rien que des souvenirs d'enfance. Tu habitais là, tu dormais encore souvent là, mais tu vivais ailleurs. Et pendant qu'ils visitaient le reste de l'appartement, qu'ils tripotaient mes draps, mon linge, mes photos et vidaient mes boîtes, je me suis assise sur ton lit et j'ai revu tes derniers pas ici, ceux du samedi soir. Tu sortais, tu allais à Paris, je ne savais pas où ni avec qui, tu étais grande, il y avait bien longtemps qu'on ne jouait plus aux devinettes. Tu te rappelles ce jeu que tu adorais quand tu étais petite, tu voulais y jouer tout le temps : C'est un objet ? Non. Un animal ? Non. Quelqu'un ? Oui. C'est une fille ? Non. C'est un garçon alors ?

Ben oui. J'avais senti sa présence dans ta vie avant même que tu me parles de lui. Parler est un bien grand mot, tu m'as juste dit qu'il était musicien, je n'ai pas compris s'il jouait pour le plaisir ou si c'était son métier, je n'ai pas voulu poser trop de questions, j'ai vu ton air de défi. Et moi, ce samedi soir, je t'observais sans rien remarquer d'étrange, tu avais relevé tes cheveux de deux épingles dans la nuque, tu avais mis quelques gouttes de vanille au creux de tes poignets et dans ton cou, tu n'avais pas maquillé tes yeux parce qu'ils n'en ont pas besoin et tu étais partie dans ta petite robe sombre. Le claquement de la porte avait fait, comme chaque fois, un coup dans mon ventre, je ne m'inquiétais pas pour toi, mais pour moi qui ne sortais plus depuis longtemps. J'aurais dû m'inquiéter pour toi. J'aurais dû me méfier de cette lumière dans tes yeux plutôt que de l'envier. Qu'il aille se faire foutre celui qui t'a entraînée dans ce casse minable ! Donne-leur son nom ! Dis-leur qu'il a tout organisé. Il ne peut pas s'en tirer à si bon compte. Je le déteste, ce petit salopard !

Quand j'ai ouvert la porte et que j'ai vu la police, j'ai d'abord eu peur que tu sois morte, je n'avais plus de nouvelles depuis des jours et j'ai pensé, Je veux ma fille, là, tout de suite sur mes genoux, dans mes bras, j'interdis à la vie, cette conne, de lui faire du mal. J'ai senti passer ta peau sur la mienne, ton souffle, tes doigts dans mon cou, j'ai senti des brûlures dans ma gorge et au bout de mes mains, comme si des griffes et des hurlements ne demandaient qu'à sortir.

Quand ils sont partis, j'ai fermé la porte et le rideau de ma chambre, je me suis allongée sur mon lit, j'ai mis les deux mains sur mes yeux et j'ai crié de toutes mes forces. Ensuite je suis restée comme ça deux bonnes heures, incapable de bouger. Et puis je me suis levée, je suis retournée dans ta chambre, c'est de là que tu m'appelais tout bas la nuit quand tu étais petite, à cause d'un cauchemar, d'un pipi, d'un monstre, c'est un murmure qu'on n'oublie jamais, qu'on s'invente même parfois quand l'enfant n'est plus là. Et j'ai rangé, je voulais que tout soit en ordre, que je puisse encore t'entendre pleurer si tu m'appelles, même de loin.

Écris-moi, Helena. Dis-moi ce qu'il te faut, je te l'enverrai. Tu n'es pas toute seule, on va te sortir de là.

Je te serre fort.

Mila

10 juillet 1967,

Helena,

Parce que tu l'aimes, il faudrait que je me taise ?! Parce que tu l'aimes, il faudrait que je me fasse à l'idée que mon enfant va croupir derrière les barreaux ?! N'y compte pas. Tu es aveugle et tu n'es pas la première. L'avocat me dit que tu vas être condamnée lourdement si tu ne parles pas. Lourdement, tu entends ?! Des années et des années avec la crasse, les bestioles, les bonnes sœurs et les pierres.

Et ne me nargue pas avec ta jeunesse et des sentiments que je ne peux pas comprendre. À ton âge, je travaillais au cabaret, j'étais une « girl », je dansais, j'avais une loge, un costume doré sur des bas résille, c'était miteux, pas toujours bien fréquenté, mais j'aimais qu'on me regarde, je me sentais belle, j'en ai vu passer des hommes et des choses dans leurs yeux, même des sentiments parfois, figure-toi ! Mes parents auraient vomi de honte s'ils m'avaient vue là.

Moi je n'ai pas honte de toi. Je m'en veux, Helena, je m'en veux de ne pas t'avoir prévenue, de ne t'avoir rien dit que je savais déjà, d'avoir rêvé encore à travers ta jeunesse et tes samedis soir. Il faut qu'on te sorte de là.

Je me fiche que mes lettres soient lues par des bonnes sœurs.

S'il vous plaît, mes sœurs qui lisez cette lettre avant elle, prenez soin de ma fille Helena, elle fait la fière, mais regardez-la, pas plus épaisse que deux mains jointes ! Elle est fragile et naïve. La dernière fois que je l'ai vue, elle chantonnait, elle était heureuse, elle se préparait à sortir, vous ne pouvez pas savoir, mes sœurs, comme c'est bon de brosser ses cheveux et d'enfiler une robe à la nuit tombante. J'aurais dû la mettre en garde, glisser des mouchoirs dans sa poche et lui apprendre les mots qui égorgent les hommes.

Parle, Helena ! Ne pense qu'à toi. Ne le sauve pas, il s'en charge déjà.

Je voudrais te prendre dans mes bras.

Mila

16 août 1967,

Helena,

Le parloir ce matin a été le plus pénible des instants de ma vie, j'ai cru te perdre, t'avoir perdue déjà. Il y avait trop de silences, trop de reproches entre nous et tellement de mains qui se cherchaient chez les gens d'à côté. Je ne veux pas me battre contre toi.

Je n'ai plus de certitudes, plus de jambes et la colère m'empêche de penser. Je ne suis qu'un terrain vague. Alors fais comme tu voudras, protège-le si tu veux, protège-le mais ne le pleure pas trop longtemps, Helena. Il est possible qu'il ne t'attende pas. Ça me coûte, tu sais, de t'écrire ça.

Prépare-toi, n'ajoute pas la prison à la prison, dis-toi que les trois quarts de l'humanité ont le cœur brisé mais que certains ne s'en rendent même plus compte. Ne l'attends pas. L'attente fait divaguer, un seul nom bouche tes oreilles, un seul visage masque tes yeux, l'attente arrête même les nuages dans le ciel. Ils ne font pourtant que passer. Tout change, surtout quand on n'a que vingt-deux ans.

Je suis avec toi, je t'embrasse comme je t'aime.

Mila

4 septembre 1967,

Helena,

Comment tu vas ? Je n'ai pas de nouvelles, il doit faire froid dans ta prison, l'été s'est terminé tôt cette année. As-tu trouvé une place à l'atelier ? Je t'enverrai de l'argent de toute façon et puis des vêtements. Pourquoi ce silence ?

J'ai peur. Ton procès approche, il m'obsède et me coupe l'appétit. Ils te harcèleront puisque tu ne veux pas parler, ils marchanderont encore, ils t'offriront leur clémence contre son nom. Je sais ce que tu feras. Alors ils détesteront tes sentiments, ton acharnement, ils voudront tout détruire, tout piétiner, ton avenir et même tes souvenirs, surtout tes souvenirs, ils diront qu'il t'a manipulée, laissée seule, ils diront que lui ne t'aimait pas.

Parfois je pense comme eux et puis après, je m'en veux d'être vieille et raide comme la justice. L'amour c'est le désordre, eux ne jurent que par l'ordre.

Je serai dans la salle d'audience. Je leur dirai quelle jeune fille gaie et douce tu es en vérité. Avant, quand j'écoutais les comptes rendus des procès à la radio, je me mettais toujours à la place des victimes, je n'avais jamais pensé être la mère de l'accusé. C'est là pourtant qu'on sent le mieux à quel point on aime. Et je t'aime.

Mila

2 octobre 1967,

Helena,

Je ne sais pas ce qui m'effraie le plus, les cinq ans qu'on retranche à ta vie, ou ton regard presque vide quand le verdict est tombé. J'ai cru voir toutes les lumières s'éteindre en toi, pour toujours.

Dis-moi que je me trompe.

Lorsqu'ils ont raconté ton arrestation à la gare, le train pour Nantes, ton aller simple dans ta poche, ton pas rapide sur le quai sans voir la police qui te filait, tes regards affolés qui cherchaient quelqu'un et ta panique quand ils t'ont cueillie, j'ai réalisé que tu serais partie sans me dire au revoir. Et puis j'ai vu un autre train, celui qui t'emmenait le dimanche soir vers l'internat. Tu avais onze ans. Tu marchais derrière moi, tu disais à voix haute les numéros des wagons gris qui t'éloignaient pour la semaine. Au numéro huit, nous nous arrêtions, je te laissais ton sac, je te serrais fort et tu montais. Je te suivais des yeux à travers la vitre, je voulais être sûre que tu aies des amis. Mais tu t'installais sur la banquette, tu posais ta main sur l'accoudoir sans parler à quiconque, puis tu me souriais vaguement et le train partait, me laissant une image de toi solitaire et toute droite. Tu t'es toujours tenue droite. Dans le box des accusés aussi tu étais droite. C'est au moins quelque chose que je t'aurais enseigné. Un truc de danseuse.

Ils parlaient tous sans te connaître. J'ai détesté ce juge qui semblait avoir le droit de mort ou de vie sur toi, il m'a fait penser à mon père, il n'avait pourtant rien d'un notable mon père, mais tous les deux avaient la même manière de parler aux femmes. J'ai détesté aussi la bijoutière, elle semblait avoir emporté toute sa quincaillerie sur elle pour être sûre qu'on ne vole rien en son absence. Cette façon qu'elle avait de sourire au juge et de mépriser les gens comme nous ! J'avais envie qu'elle se taise, envie de lui arracher ses colliers et la voir à quatre pattes ramasser ses perles. Mais j'ai baissé les yeux lorsque son mari a tenté de parler, j'avais honte, pauvre homme, il aurait pu y rester, il articule à peine, ton musicien a cogné trop fort.

Je sais moi que tu n'y es pour rien. Cette fille avec une arme dont il était question à l'audience, c'était toi et ce n'était pas toi. Je t'ai regardée, tu sais, les mains cramponnées à la boiserie, et j'ai reconnu la petite fille qui craignait que le vent ne l'emporte le jour de notre première visite à la mer, c'était la Manche, tu marchais derrière moi, accrochée à ma taille, j'ai reconnu celle qui partait pour l'internat le dimanche soir sans jamais se plaindre, mais dont le bras tenait fermement l'accoudoir. Et j'ai eu peur pour toi. Les années qui viennent sont pires que la tempête ou le pensionnat. J'ai peur que tu ne t'accroches encore. Peur que tu ne puisses faire autrement que d'aimer, même celui qui ne veut ou ne peut plus t'aimer.

Mila

8 octobre,

Helena,

Ce matin la voisine du cinquième a sonné, des jours qu'elle hésitait à descendre. Ne le prenez pas mal, elle m'a dit, mais cet article m'a paru gentil pour Helena. Elle m'a tendu le journal et s'est dépêchée de partir. Il est daté du lendemain de ton procès. Il parle de toi. Je ne sais pas pourquoi, il y a des jours comme ça où les petites histoires se fraient un chemin. Ce n'est pas très long, deux colonnes sous ta photo et le portrait-robot. Ils cherchaient sûrement une histoire à la Bonnie and Clyde, ça marche toujours, comme la veuve et l'orphelin. Mais tu n'es pas terrible dans le rôle de Bonnie, ma fille, tu es trop triste.

Je recopie quelques lignes.

« Des deux accusés, l'un est en fuite, l'autre est là, c'est une jeune femme de vingt-deux ans. Elle répond oui à tous les chefs d'accusation, mais non quand on lui demande le nom de son complice. Elle ne se défend pas. Ne se débat pas. Son corps est à l'audience, mais on dirait qu'elle n'est plus à l'intérieur… »

Voilà. Je te garde l'article pour quand tu sortiras.

J'ai tricoté ce pull pour toi, j'espère qu'il te plaira. J'ai peur que tu aies froid.

Mila

18 novembre,

Helena, je prends le premier train demain, j'arriverai avant ce mot. N'aie pas peur. Tu l'avais mis où ce bébé ? Dans ton dos ?

Mila

5 décembre 1967,

Helena,

Voilà six jours que je suis rentrée avec la petite, elle dort en ce moment, elle va bien. J'ai installé son berceau dans ma chambre contre le mur, j'ai retiré les cadres, poussé les meubles, rangé mes reliques, libéré un peu de place dans la commode pour ses vêtements. J'ai acheté hier d'adorables brassières de coton, des pyjamas, des petits gilets et des chaussons de laine qui tiennent au creux de ma main et ce soir j'ai fredonné pour la première fois les berceuses que je te chantais, *Sur ton lit, la lune incline son visage doux*… tu te souviens ? Je me rappelais tout. Elle pleurait comme souvent les enfants quand la nuit tombe, mes yeux se fermaient. Je suis épuisée. Mais quand enfin elle dort, je pense à toi et alors je ne trouve plus le sommeil.

Je connais ce regard perdu que tu avais lorsque je suis entrée dans ta chambre, j'avais le même à ta naissance. Chez nous, les enfants sont des accidents. Et alors ? Ils sont aussi beaux que les autres. Lorsque je l'ai prise contre moi à l'hôpital pour la préparer à notre départ, j'ai chaviré aux odeurs tièdes des débuts, à la douceur de son crâne sous mon menton. J'ai cru m'éveiller d'un cauchemar. J'avais un bébé entre les bras, c'était comme s'il était à moi, il effaçait tout, mes échecs, les tiens, la prisonnière, le gardien devant la porte... Il était toi, ma petite fille, rien ne s'était passé, tout commençait ou recommençait.

Tu semblais toi-même si loin de ce qui t'arrivait. Tu n'avais pas un geste, pas un nom à donner à cette enfant. J'ai dit Angèle. C'est beau Angèle. Parfois je confonds, je l'appelle Helena.

J'ai décidé de t'écrire souvent, de te donner de ses nouvelles. Je veux que tu t'habitues à elle. C'est un petit ange. Je te dirai lorsqu'une dent lui donne de la fièvre pour que tu t'inquiètes de savoir quand elle sortira, je te dirai ses chutes pour que tu t'impatientes de la voir marcher et je ferai en sorte que son premier mot soit pour toi, sa maman.

Je ne sais quelle histoire je lui raconterai lorsqu'elle réclamera ses parents. J'ai encore un peu de temps devant moi. Je sais qu'il passe ici plus vite que pour toi.

Je t'embrasse de toutes mes forces.

Mila

20 décembre 1967,

Helena,

Angèle et moi avons fait notre première promenade ce matin, il faisait beau et un peu froid, je l'avais enroulée dans une couverture. Nous sommes juste allées faire quelques courses au supermarché. Dans ma tête, je pensais, Voici le monde ma belle, le vaste monde et ses caisses enregistreuses, j'étais un peu lyrique, elle s'était endormie, bercée par le mouvement du landau. Dans l'immeuble, nous avons croisé deux voisins, l'un a baissé les yeux, l'autre m'a fait un petit sourire crispé, tout le monde sait où tu es depuis la perquisition, mais personne ne demande de tes nouvelles, à part la dame du cinquième. Les gens n'osent peut-être pas, ou alors ils nous méprisent. Je m'en fiche.

Souvent le matin je me dis, Voilà, la vie est repartie. Avant, quand j'avais éteint la radio, pris ma douche, bu un deuxième café, ramassé le courrier devant la porte, je me prenais le silence dans la figure, comme un coup de poing, je pensais qu'il était là pour l'éternité, qu'il avait gagné la partie. Aujourd'hui, il suffit qu'Angèle appelle et la maison se met à trembler comme l'eau bouillante dans la casserole.

Tu n'imagines pas à quel point j'aime l'odeur du linge qui sèche et des légumes qui cuisent dans la Cocotte-Minute. C'est nouveau. Tout ça m'ennuyait quand j'avais ton âge, j'étais mieux dehors. La vie est faite à l'envers. La nôtre en tout cas.

Depuis hier, la contraception n'est plus hors la loi, j'ai senti comme un cri de joie dans ma gorge, j'ai pensé aux copines du cabaret, et à la tête des curés, c'est pas souvent que j'appartiens au camp des vainqueurs. Je m'en veux d'avoir pensé qu'elle arrivait trop tard, ça n'a pas duré longtemps, mais je l'ai pensé et je m'en veux. Angèle est si belle, c'est une adorable petite fille, elle fera plus pour toi et moi que tous les grands mots. Notre vie dépend d'une poignée de personnes qu'on aura aimées.

Ils sont vraiment en train de changer le monde tu sais, c'est un véritable feu d'artifice, je ne sais pas ce qu'ont les hommes en ce moment, mais ils fabriquent des fusées pour aller dans l'espace, des avions supersoniques, ils remplacent un cœur fatigué par un autre, ils font la révolution à l'autre bout du monde, il paraît même que la télévision est en couleurs. Je n'ai rien vu, mais j'ai entendu à la radio qu'une pluie de parachutes rouge vert bleu et jaune était venue délivrer la France du noir et du blanc, ils nous font carrément le coup du débarquement ! Je l'ai connu, moi, le débarquement, on va pas me faire croire que la télé va changer nos vies !

Je me rappelle très bien ces soirs où on attendait, on ne dormait plus, on guettait les Américains en écoutant secrètement leur jazz, cette musique noire nous réchauffait, elle était belle, elle était neuve. Alors le soir, après le spectacle, quand la sirène ne nous convoquait pas aux abris, on dansait doucement en buvant ce qui nous tombait sous la main. Tu es née d'un soir comme celui-là, Helena, je t'ai déjà raconté ce pianiste qu'on n'appelle pas ton père, il allait de salle en salle au gré des contrats, il transportait dans sa valise un complet plus très blanc et faisait toujours semblant d'être sur le point d'embarquer sur un bateau pour l'Amérique. Quand il s'en allait, il ne disait ni au revoir ni adieu, juste, À plus tard dans la vie.

Ce soir-là, avec lui, ce n'était peut-être pas de l'amour mais ce n'était pas que de l'inattention, c'était de l'espoir. Ne le perds pas, s'il te plaît.

Je vais dormir maintenant. Il y a deux bouteilles de bière sur la table, et je crois bien que c'est moi qui les ai bues. Dans quelques heures, Angèle va appeler.

Donne-moi de tes nouvelles, Helena. Je t'embrasse tellement fort.

Mila

25 décembre 1967,

Joyeux Noël, Helena ! Tu trouveras dans ce paquet un pull, une couverture chaude, du savon, des cigarettes et les chocolats que tu aimes. Pour Angèle, j'ai installé un sapin. Il y a bien longtemps qu'il n'y en a pas eu chez moi.

Je m'inquiète pour Angèle, elle a les yeux collés chaque matin. Des petites croûtes s'accrochent à ses paupières. Je ne comprends pas, le médecin non plus. J'ai déjà changé deux fois de pommade. Je suis sûre qu'elle aura les yeux clairs. Tu sais peut-être d'où ils viennent.

Je t'embrasse, joyeux Noël, ma petite fille.

Mila

12 janvier 1968,

Helena,

Angèle n'a plus de croûtes autour des yeux. Le docteur a fini par remarquer qu'elle pleurait sans larmes, ses glandes lacrymales étaient bouchées. Il a fait ce qu'il fallait. Ce n'était pas grand-chose mais le chagrin faut bien le sortir. Je ne veux pas que son cœur se noie déjà. Elle est si petite. 58 centimètres et bientôt 5 kilos sur la balance. Je te donne les chiffres que le docteur note dans son carnet de santé, il écrit si mal que tu n'arriveras pas à les relire quand tu seras dehors. C'est drôle comme ces gens savants déforment les lettres, alors que nous autres, qui ne sommes pas allés bien longtemps à l'école, nous retenons nos leçons d'écriture, c'est peut-être parce qu'il n'y en a pas eu beaucoup d'autres après.

Angèle sourit et reconnaît son prénom. Quand tu sortiras, elle aura cet âge où les enfants commencent à lire et à fabriquer des souvenirs. Ainsi le temps passé sans toi ne laissera pas trop de traces.

D'ici là, je vieillirai le plus doucement possible, je marcherai pour entretenir mes jambes, je dirai des chansons pour faire travailler ma mémoire. Et je ferai en sorte qu'Angèle ne soit pas triste. C'est un courant très fort, la tristesse, mais il ne l'emportera pas.

Ça a peut-être un rapport, ces poches qu'on a sous les yeux à l'âge où l'on n'ose plus pleurer.

Pourquoi tu n'écris pas ?

Je t'embrasse,

Mila

6 mars 1968,

Helena,

Je suis passée tout près de toi aujourd'hui. J'étais à Paris pour voir le médecin à cause de mes jambes, alors ensuite j'ai marché vers la Petite Roquette, ce n'était pas à côté, mais c'était comme si je n'avais pas le choix. Quand je suis arrivée au pied de la prison, j'ai vu des gens sur le trottoir. Au début je ne comprenais pas bien ce qu'ils faisaient là, la tête en l'air. En fait ils choisissent un endroit pour être visibles depuis certaines cellules, ils appellent ça le parloir sauvage, ils ne voient rien mais se laissent voir, tu dois en avoir entendu parler.

J'imagine que, dans le quartier, on les regarde avec pitié ces gens-là, moi je les envie, car celle qui est derrière les barreaux semble avoir besoin d'eux. Ce n'est pas comme toi, qui n'écris pas.

Je suis restée un moment avec eux, j'ai fait comme eux, j'ai fait semblant de sourire à quelqu'un très loin, et puis j'en ai eu assez de me tordre le cou, j'ai fini par regarder passer les saletés que transporte le caniveau, j'ai écouté les mots des autres, regardé leur bras s'agiter désespérément par-delà le mur. C'est la pluie qui m'a décidée à partir, je suis rentrée et j'ai récupéré Angèle. La voisine du cinquième la garde quand j'ai besoin, elle est gentille, elle s'appelle Jeanne, elle ne juge pas ce qui nous arrive, et quand elle me demande de tes nouvelles, j'invente des lettres et des choses que tu n'écris pas.

Faut-il que je m'adresse à la directrice pour savoir comment tu vas ? Écris-nous. J'ai besoin de t'entendre. Raconte-moi simplement ce que tu fais, à quelle heure tu te réveilles, ce que tu manges, comment s'appellent les autres filles. Dis-moi des choses toutes simples que je raconterai à Angèle quand elle grandira. J'ai peur de ton silence et de ce qu'il signifie.

Moi aussi j'étais désespérée quand j'ai découvert que j'étais enceinte. J'ai appuyé sur mon ventre et mes seins pour rentrer dans mon costume de scène aussi longtemps que j'ai pu. J'ai acheté cher des décoctions soi-disant magiques, j'ai reculé au dernier moment devant la porte d'une avorteuse. Et puis quand ça s'est vraiment vu, on m'a versé ce qu'on me devait et on m'a renvoyée. Deux heures plus tard, j'avais une remplaçante dans la troupe.

Je t'ai attendue en regardant ma montre. Lorsqu'il était 5 heures de l'après-midi, j'imaginais l'habillage, les bavardages, les, Tu m'agrafes ? et les conseils de Mado, la plus cuirassée d'entre nous, qui nous disait toujours, Laisser venir, les filles, ne jamais avouer qu'on aime si on aime, se faire désirer… Une heure plus tard, je pensais aux pinceaux sur ma peau, aux fards sur mes paupières, aux faux cils sur mes yeux, tout me manquait, le décor, les lumières, le compte à rebours et même les mains au cul du régisseur. J'avais l'impression de vivre dans le noir. Je n'ai plus jamais dansé ensuite.

Mais je t'aimais, j'ai tenté pour toi la vie des autres, j'ai trouvé un travail normal, j'ai fait l'ouvrière, la vendeuse, l'hôtesse puis la secrétaire, j'ai même épousé Maurice parce qu'il était gentil avec toi. Ça n'a pas duré bien longtemps. Un mari, des gosses et de la considération, ce n'était pas pour moi. J'avais trop rêvé de sensations fortes pour savoir vivre tranquillement.

Mon père m'a traitée de pute quand je suis partie pour une audition à Paris. Il m'avait déjà giflée le jour de mon premier rouge à lèvres. Je n'aimais pas ses ongles noirs d'ouvrier. Je ne suis jamais rentrée. Mais sa phrase m'a longtemps poursuivie. Pour lui, une pute était le contraire d'une mère. J'ai été les deux, ou aucune des deux de manière convaincante. J'ai fait comme j'ai pu. Mais je n'ai jamais rêvé ma vie sans toi.

Pourquoi m'obliges-tu à te raconter des choses si difficiles ?

Mila

P.-S. : Mes sœurs qui ouvrez cette lettre en premier, s'il vous plaît, dites à Helena de m'écrire.

17 juin 1968,

Helena,

J'ai déchiré ta lettre, je ne te reconnais plus.

Tu dis que tu en as marre des miennes, de mes histoires. Que je ne peux pas comprendre ce que tu ressens, que nos vies n'ont rien à voir, que je profite de la situation pour reprendre des confidences que nous ne nous faisions plus. C'est vrai que, avant tout cela, tu avais pris tes distances, tu ne me racontais plus grand-chose. Mais tout a changé, tu ne trouves pas ? Regarde comme ton ventre est mou, il y avait un enfant à l'intérieur. Et regarde les murs autour de toi, ils puent la vieille pierre humide.

J'aurais préféré que ma fille ne s'entiche pas du premier voyou venu, que pour elle, tomber amoureuse ne veuille pas dire tomber. J'aurais bien voulu que tu poursuives tes cours de dessin, que tu sois parmi ceux qu'on a vus dans les rues le mois dernier. C'était la révolte, je suis sûre qu'elle a fait assez de bruit pour que tu l'entendes depuis ta cellule. Les filles couraient et criaient aussi vite et aussi fort que les garçons, elles avaient détaché leurs cheveux, elles portaient des blue-jeans, je ne sais pas si elles seront plus heureuses que nous, mais plus libres c'est sûr. Ce n'est pas une question de bonheur, c'est une question d'air, elles respireront mieux. Et j'aurais tellement voulu que tu sois avec elles !

Tu vois, tout me ramène vers toi, le souffle d'Angèle dans son berceau, comme les informations qui me parlent d'un monde sans toi, d'une jeunesse dont tu n'es pas. Souvent je m'approche de ta chambre, j'ai envie d'ouvrir la porte, de te regarder dormir, d'écouter tes soupirs dans ton sommeil, de voir tes livres d'école en désordre sur la table et de me dire que tu aurais dû faire ton sac car demain tu partiras encore en courant, de buter sur tes vêtements, en boule par terre, pleins des odeurs de cigarettes et des soirées que tu ne me racontes plus. Mais j'ai toujours rendez-vous avec ton fantôme.

Quand je t'écris le soir, c'est comme si je te parlais, c'est comme si tu habitais un peu là, comme si nous chuchotions toutes les deux pour ne pas réveiller Angèle. J'écris en murmurant, d'ailleurs. J'ai des mots plein la bouche, je déborde de souvenirs, c'est toujours comme ça quand on perd quelqu'un, et j'ai peur de te perdre. Une histoire m'est revenue l'autre jour, je la tiens de ce pianiste qu'on n'appelle pas ton père. Debussy avait une petite fille, il avait composé pour elle et écrit au-dessus de la portée quelque chose qui disait : *À ma très chère Chouchou… avec les tendres excuses de son père pour ce qui va suivre.* Il la prévenait que ce serait difficile, il s'excusait parce que, dès la première page, la main gauche passe par-dessus la droite, le pouce et l'index font le grand écart au-dessus de l'octave. Il la prévenait des pièges comme devraient le faire tous les parents. Mais cette petite fille est morte un an après lui, de la diphtérie. On l'a enterrée juste à côté de lui. Comment deviner que nos enfants mourront avant nous ou qu'ils finiront en prison ?

J'aurais voulu t'écrire des lettres peuplées des gens qui vivent au-dehors, pour que tu les reconnaisses quand tu sortiras. Je ne le ferai pas puisque tu n'en veux pas. Mais je continuerai à te donner des nouvelles d'Angèle. Car je t'interdis de t'éloigner d'elle.

À plus tard, ma fille.

Mila

22 novembre 1968,

Helena,

Angèle marche ! Cinq pas hier ! Elle fait 74 centimètres. Il faut que tu la voies. Elle est irrésistible.

Je pourrais venir avec elle au parloir sauvage. Je nouerais un bonnet rouge sur sa tête, pour que tu la repères vite. Je lui raconte depuis quelques semaines un château fort où est sa maman. Je lui dis que les murs sont très hauts et les fenêtres, toutes petites, qu'un jour tu en sortiras. Je ne sais quoi lui dire sur son père. On peut grandir sans, je crois.

J'ai tellement peur du jour où d'autres enfants lui diront, T'as qu'une grand-mère ? Pas de maman ? Pas de papa ? que j'ai eu une idée, j'ai mis une photo de toi à côté de son lit. Elle a été prise il y a longtemps maintenant, tu souris, c'est l'été de tes dix-huit ans. Quand je la couche, je lui apprends à dire maman et à te dire bonsoir. Et puis je sors doucement, mais je laisse la lumière, elle a peur du noir.

Je t'embrasse,

Mila

16 décembre 1968,

Helena,

Je ferai bientôt une demande de parloir pour Angèle et moi. Il est temps maintenant. Il faut qu'elle te voie. Hier soir en quittant la chambre j'ai trouvé que la photo sous la veilleuse te donnait l'air d'une morte. Tu n'es pas morte que je sache, même si tu n'écris pas ?

Tu verras, il te suffira de lui sourire et elle répondra.

Elle court maintenant, j'ai toujours l'impression qu'elle est sur le point de tomber, je la suis comme je peux, pliée en deux sur mes grosses jambes, elle croit que je la poursuis, que je veux jouer, alors elle se met à rire et à courir plus vite encore, sans deviner à quel point j'ai mal au dos.

Fais-moi savoir ce qui te ferait plaisir pour Noël.

Je t'embrasse,

Mila

7 janvier 1969,

Nous viendrons le 2 février, en début d'après-midi.

Nous entrerons par le côté de la prison, il y a une porte verte, c'est le chemin des enfants. Et nous irons dans le bureau de l'assistante sociale, c'est mieux que le parloir du donjon central, mieux qu'une grande table et une vitre entre nous.

Je ne sais pas ce qu'Angèle comprend à tout ça. Elle n'est plus un bébé, mais une petite fille inquiète. Elle aligne chaque matin ses peluches sur son drap et les tourne vers elle pour être sûre qu'elles la voient. C'est étrange cette chambre ici, à la fois la mienne et la sienne, la chambre d'une vieille dame et d'une petite fille. Chaque fois que j'y entre, j'ai l'impression qu'une guerre de tranchées s'y déroule dès que la porte est fermée. Les jouets gagnent du terrain sur mes vieilleries. C'est dans l'ordre des choses. Bientôt, je me replierai sur le canapé, il fera un lit confortable. Je n'ose pas lui laisser ta chambre.

Quand nous viendrons, je compte sur ton sourire. Les mères tristes sont les plus dangereuses pour leurs enfants. Ne la déçois pas.

Je t'embrasse,

Mila

4 février 1969,

Helena,

Mais quelle femme es-tu ? Qu'est-ce qui te retient de l'aimer, de l'embrasser, de la prendre dans tes bras ? Et quel besoin avais-tu de préciser que la petite marionnette que tu avais pour elle, ce n'était pas toi qui l'avais faite, mais une autre détenue de l'atelier ? Tu reprenais le peu que tu donnais.

Angèle n'a pas compris bien sûr. Sur le chemin du retour, elle l'a tenue serrée dans sa main. Moi je fixais le tissu sous son poing, j'étais triste, complice du mensonge, de la comédie qu'on joue aux enfants. Je pensais à cette étrangère de l'atelier qui avait voulu faire plaisir à mon Angèle, qui avait cousu pour elle, comme pour sa propre fille, avec les moyens du bord. Et je revoyais ma mère naguère qui piochait dans sa boîte à couture de quoi faire mes premières poupées, elles avaient le cœur en chiffon et les yeux en boutons, elles étaient moins belles que les poupées en porcelaine des beaux quartiers, parfois leurs yeux tombaient, on les recousait.

Même la directrice a eu l'air plus chaleureuse que toi. Mais j'ai détesté la manière qu'elle et les bonnes sœurs ont eue de se pencher sur Angèle. Oui, mes sœurs qui me lisez, j'avais envie de taper du pied comme pour faire fuir les mouches posées sur la viande, envie de crier, Laissez-la tranquille ! elle n'a rien à voir avec vous, avec votre prison. Je me fiche qu'elle soit née là, c'est une petite fille, rien qu'une petite fille. Il faut oublier, tout oublier.

Qu'est-ce que tu crois, Helena, que tu es la première à souffrir ? la première qu'on abandonne ? Relève-toi, s'il te plaît ! regarde autour de toi, tu es sûrement la plus jeune de celles qui t'entourent, tu n'as encore rien vu, d'autres bonheurs, d'autres chagrins t'attendent, relève-toi !

Je ne te parle pas du devoir, du sacrifice, tous ces sermons je les déteste. Je te parle d'aimer encore, à commencer par ton enfant.

Il n'y a pas si longtemps, tu vibrais, tu dessinais, tu chantais, tu n'avais pas de père qui surveille tes fréquentations, tu étais libre, j'avais confiance et j'étais fière. J'ai toujours pensé qu'une jeune fille est perdue si elle n'a pas d'imagination, car le monde autour se charge de décider pour elle d'une vie semblable à toutes les autres, d'un bonheur parfait qui promet l'ennui, pas le rêve. Tu étais comme moi, tu n'étais pas faite pour ça. Je sais ce que les gens de bonne famille me rétorqueront, qu'avec ces discours-là on finit en prison. Mais nous ne sommes pas des gens de bonne famille, nous ne sommes même pas une famille, nous sommes une lignée de filles.

J'ai vu nos ombres sur le quai de la gare en revenant de Paris : une danseuse éphémère sur de grosses jambes, une absente et une petite fille aux yeux tristes accrochée à une marionnette en tissu. Ça ne fait pas une pub pour l'émancipation féminine mais ça ne fait pas de nous des ratées.

Tu ne dois plus regarder en arrière, tu dois penser à la suite, pour toi, pour Angèle. Ton sort est lié au sien, que tu le veuilles ou non. Je serai là, je te le promets, je ne la laisserai pas prendre ta jeunesse et ton temps, tu iras encore danser, écouter de la musique, nous nous arrangerons.

Je t'en supplie. Aime-la.

Mila

10 septembre 1969,

Helena,

Angèle mesure 81,5 centimètres. Elle pèse un peu plus de 9 kilos. Elle a des cheveux fins que je coupe un peu pour laisser voir ses grands yeux verts mouchetés. Elle est gaie. Quand elle tombe, une grosse bosse lui pousse immédiatement sur la tête. Mais elle se relève vite. Elle aime quand nous sortons toutes les deux sur la pelouse en bas de l'immeuble. Elle ne demande pas à retourner te voir. Mais elle continue d'embrasser chaque soir ta photo.

Oublie ce que je t'ai dit sur les mères tristes. Il vous faudra du temps, mais vous saurez vous apprivoiser.

Écris-nous un tout petit peu, quelques phrases que je puisse lui répéter.

Mila

16 novembre 1969,

Aujourd'hui Angèle a deux ans.

Elle mesure 84 centimètres et je voudrais qu'elle ait grandi tout autant dans ta tête et dans ton cœur.

Mila

Helena,

Je m'en vais.

Je compterai chaque jour qui te reste, mais je ne serai plus là quand tu sortiras. Ne me cherche pas, je ne t'attendrai nulle part.

J'ai bien réfléchi. Il n'y a pas d'après à tout cela, pas de retrouvailles possibles. Je m'enfuis. J'ai toujours dit que je m'en irais, je ne pensais pas que ce serait comme ça. J'emporte avec moi mon saxophone et mes souvenirs, je n'oublierai jamais ce qui nous est arrivé et ce que tu as fait pour moi.

L'amour n'est souvent qu'un bel accident. Le nôtre a fait une victime, c'est toi. Tu trouveras dans ce paquet de quoi récupérer un peu d'argent. Je ne peux pas faire plus.

Adieu.

Tom

Je ne parlais plus à ma mère depuis quinze ans, Monsieur, elle vient de mourir et j'ai besoin de vous. Vous vous demanderez ce que je cherche, je ne le sais pas moi-même. Je vous promets que je ne vais pas pleurer, je ne suis pas triste, c'est autre chose.

J'ai trouvé votre nom parmi les papiers qu'elle a laissés. Je sais bien que vous n'êtes qu'une signature en bas d'une coupure de presse, que les journaux ne sont que des feuilles volantes et que le vôtre n'existe plus, mais peut-être vous souviendrez-vous, le mois d'octobre 1967, vous écriviez sur elle. Il y avait une photo pour accompagner votre article, une image de la police probablement, qui m'en rappelle une autre installée à côté de mon lit d'enfant, et que j'embrassais chaque soir en disant, Bonsoir maman.

J'ai trouvé votre numéro dans l'annuaire, maintenant il est là, épinglé sur le mur face à l'établi, il n'y a plus qu'à le composer. Je le connais par cœur à force de le regarder, il est plein de quatre, c'est mon chiffre fétiche, à cause du seize, mon jour de naissance, quatre fois quatre font seize. C'est idiot, je sais, mais j'aime m'inventer des signes, surtout quand j'ai peur, et j'ai peur de vous appeler. Je suis sûre pourtant que ce numéro est le vôtre, l'adresse correspond à l'idée que je me fais de vous : Victor Valbon, rue des Écoles à Paris, vous avez sûrement ce je-ne-sais-quoi dans l'allure qui émane des beaux quartiers. Il vous suffisait de descendre la rue pour arriver au Palais de justice. C'est là que vous l'avez vue.

Je cherche encore mes mots, je n'ose pas vous déranger. Il y a sur l'établi ma dernière trouvaille, une petite voiture de course en tôle, une merveille japonaise d'après guerre. Elle est belle, encore dans son jus, avec ses couleurs éraflées et son champion qui sort à peine la tête. Elle porte le numéro 9 sur un cercle blanc, elle est toute seule, il n'y a plus ni un, ni deux, ni huit autour d'elle, plus un nuage de poussière devant elle, ni même derrière, mais elle est encore dans la course, on dirait qu'elle vient de battre un nouveau record de vitesse, qu'elle vient de frôler l'incendie. Il faut que j'arrange son ressort, c'est solide ces modèles-là, à part la rouille, rien ne les menace. Ensuite il suffira de tourner la clé et elle repartira. Je la poserai dans la vitrine, un collectionneur plein de tendresse pour ses souvenirs me l'achètera, il aura peut-être votre âge, il paiera cher pour l'avoir, au moins cinq cents euros. L'enfance c'est du luxe quand on est vieux. C'est du luxe de toute façon.

Je vends des jouets anciens dans l'allée numéro 7, marché Vernaison, aux puces de Saint-Ouen. Je m'appelle Angèle, je vis parmi les trains, les canots à bassin, les poupées, les soldats, les robots, les animaux. C'est une drôle de vie, les jouets vous font croire qu'elle ne fait que commencer mais ils sont si vieux que tout a déjà l'air terminé. Je me lève tôt. Je parcours les salles des ventes, les salons, et j'entre chez des gens qui débarrassent leurs maisons des souvenirs. Ça m'emmène loin parfois. Je voyage. Je ramasse la vie des morts. Mais j'ai choisi ce qu'ils laissent de plus beau, ce temps pas toujours tendre, où l'on disait en chuchotant ou en criant, Je veux maman.

Moi c'était en chuchotant.

Ma mère a été enterrée hier matin dans un grand cimetière aux abords de Paris. Helena Danec 1945-2007. C'était sec. Sans un bruit. Comme sa vie, comme sa mort venue pendant son sommeil. Rupture d'anévrisme. Le sang qui s'échappe et compresse le cœur. Pas de messe, pas d'amis, deux voisines aimables et polies venues se faire pardonner de n'avoir rien remarqué. C'est l'aide ménagère qui l'a trouvée lors de son passage, ça faisait un petit moment qu'elle était morte, il était alors déjà impossible de lui joindre les deux mains.

Je n'ai vu personne surgir du lointain, ni vieil homme, beau comme Beckett, voûté par la musique, revenu d'exil saluer son premier amour, ni femme marquée, complice d'écrou, guidée là par le souvenir. J'étais la seule trace de son passage sur terre. Nous avons pourtant vécu l'une malgré l'autre.

Peut-être son prénom sera-t-il murmuré par de futurs promeneurs déambulant parmi les croix et les regrets éternels. Il aura l'air doux, évoquera à ces gens une femme morte sans être très vieille, et qu'en plus on abandonne au vu des herbes folles sur sa sépulture. Je n'irai pas l'entretenir.

Je suis passée chez elle ensuite. La cuisine était impeccable. Rien ne dépassait, sauf une tasse probablement rincée après une dernière infusion. La pendule n'était plus à l'heure. La grande aiguille figée au quart retenait la poussière. Ma mère n'avait plus rien à demander au temps, sinon de se presser. Les tiroirs du buffet ne contenaient que des factures sans aucun rappel et puis quelques cachets d'aspirine, qu'elle devait jeter dans un verre d'eau pour éteindre le feu dans sa tête. Dans le salon, je n'ai vu que des cubes, une table carré, une télévision, une pile de journaux, un fauteuil de velours gris et une fenêtre aux volets tirés. Rien de courbe, rien de doux. Rien de beau qui puisse figurer parmi les reliques de l'allée numéro 7. Pas une seule photo d'un passé capturé. Pas de bibelots, pas de vieux livres. Ma mère effaçait ses empreintes. Je n'étais attachée à rien, ça laisse une étrange amertume.

Et puis dans la salle de bains, bizarrement des souvenirs. D'abord un étrange bourdonnement dans ma tête. Il n'y avait qu'un pain de savon ridé juste au bord du lavabo, un tube de crème dite très riche de l'autre côté, elle avait donc la peau sèche, aussi sèche que le cœur, mais elle n'hydratait pas son cœur. Et soudain je l'ai revue… debout sur le carrelage blanc dans sa robe de chambre piquée de fleurs fanées, j'étais face à elle sur le pas de la porte, je la fixais sans rien dire, les mains sur la tête comme les enfants punis et avec dans les yeux une colère auparavant jamais sortie. J'avais froid sur ma tête, je n'avais plus de cheveux, elle était venue dans ma chambre pendant la nuit avec des ciseaux, elle s'était penchée sur moi et avait tout coupé de la nuque jusqu'au front, d'une oreille à l'autre. Je n'avais rien senti. Je m'étais réveillée toute nue. J'allais avoir sept ans, il devait être 8 heures, je l'entendais cracher son dentifrice dans le siphon du lavabo qui ne serait plus bouché par mes cheveux emmêlés. Ma mère était une voleuse, elle m'avait pris mes nattes, mes couettes, ma cachette…

Elle m'avait regardée et juste dit, Te voilà prévenue… Mais de quoi ?

Après la salle de bains, j'ai marché vers sa chambre. La poignée de sa porte a grincé, comme pour me rappeler tout ce que j'imaginais là, petite fille, un congrès de sorcières ou bien l'entrée d'une grotte. Il y avait un lit, une commode, une fenêtre aux voilages gris. Un cendrier plein de cigarettes blondes ratatinées. Sa robe, son pull et ses collants filés en boule au pied du lit. La mort, venue de nuit, ne lui avait pas laissé le temps de ranger.

Et j'ai tangué. Prise au piège des odeurs, des draps chiffonnés et de mon absence, je l'ai imaginée se déshabillant vite, les yeux depuis longtemps détachés de son corps abandonné à lui-même et aux assauts du temps. Je ne me suis pas approchée trop près du lit. L'oreiller, surtout, me faisait peur, il avait épongé sa sueur, sa solitude et ses cauchemars. J'ai rassemblé les épingles à chignon sur la table de chevet, j'ai vidé le cendrier, j'ai ramassé les vêtements. J'agissais machinalement, de plus en plus vite, comme s'il ne fallait pas s'attarder. Je ne cherchais rien, je ne voulais rien, je n'avais pas besoin d'imaginer la vie sans elle, je la connaissais. Je rangeais. Une entreprise viendrait prendre le tout et faire le tri, ma mère en œuvre de charité, ça a bien failli me faire rire. Mais j'ai trouvé les papiers dans le linge. Et je suis tombée à genoux sur le parquet, à hauteur d'enfant chez ma mère morte.

Il y avait des lettres dans des enveloppes déchirées par le haut, avec toujours le même nom, Helena Danec, la même adresse, 147, rue de la Roquette.

J'ai tout de suite reconnu l'écriture élégante de Mila, ma grand-mère. J'ai lu doucement, page après page, j'avançais vers la salle obscure de mes premières années, aspirée par la voix de Mila et je pleurais, pas celle qui venait de mourir dans le lit juste derrière moi, mais Mila, douce Mila, emportée des années plus tôt, qui disait mon Ange plus souvent qu'Angèle. Comme j'aimais ça ! Vous l'avez sûrement vue, Monsieur, dans la salle d'audience. D'après ses lettres, elle était là. Elle vous a peut-être paru perdue et faible. À moi elle faisait l'effet d'un soleil.

Il y avait en bas de chez elle un saule pleureur dont les branches touchaient presque terre, elle en faisait ma cabane, elle posait une couverture sur le sol puis elle allait s'asseoir un peu plus loin sur un banc tandis que je m'installais. Ma poupée blonde passait là de sales quarts d'heure, je la mettais toute nue, je la décapitais, je la rhabillais puis je la coiffais. Je fabriquais pour elle des drames au dénouement heureux, je pensais qu'en changeant de robe ou en poussant une porte, tout se répare. J'attendais.

J'attendais Helena. Je ne m'éloignais pas, je ne me mélangeais pas aux autres enfants, rien ne devait me distraire du jour où une belle étrangère ferait irruption sur l'herbe en criant mon nom.

Mila disait souvent, Quand Helena sera là..., c'était ma phrase préférée, parce qu'on évoque ainsi les gens qui rentrent dans quelques heures, après le travail, avant la tombée de la nuit, en tout cas bientôt.

Elle avait peur des silences, Mila, elle promettait toujours trop. Elle me lisait des histoires tirées d'une bibliothèque trop rose et me faisait écouter du jazz. J'ai fini par croire ma mère prisonnière d'un château fort et me prendre pour la fille de Charlie Parker, car Mila murmurait à mon oreille que mon père jouait du saxophone, qu'il était probablement quelque part en Amérique, un héros de cette musique envoûtante. Elle mélangeait tout de nos deux tristesses.

Le dimanche matin, elle roulait le tapis de son salon, elle mettait de la musique, et je dansais. Je m'essayais au petit rat de l'Opéra, bras en corolle au-dessus de la tête, alors Mila se prenait pour mon professeur et m'apprenait à tourner, Fixe un point, ne le lâche pas et tu ne tomberas pas, puis très vite je me laissais aller et je me contentais de trémousser des fesses, alors Mila, depuis son fauteuil, rigolait et disait, Pendant ce temps-là, y en a qui sont à la messe !

Elle avait été danseuse de cabaret, il y avait une photo, ou plutôt un trophée, posé sur le buffet du salon : une troupe de filles bien en chair, scintillantes en jarretelles et corsets, souriaient dans un cadre doré. La brune en bas résille au deuxième rang en partant de la droite, c'était Mila. En tout cas Mila le disait, et plutôt deux fois qu'une, campée sur ses deux jambes devenues lourdes.

Je l'écoutais. Je ne comprenais pas tout. Juste que les danseuses sont des filles heureuses.

Depuis que mes yeux avaient atteint le bord du buffet, je ne me lassais pas de les regarder, je les fixais comme si j'attendais qu'elles se mettent en mouvement. J'avais besoin de preuves. Pourquoi les jambes de Mila avaient-elles changé à ce point ? Pourquoi, après avoir dansé, elles enflaient maintenant sous des bandages épais ? En fait, j'étais comme tous les enfants qui savent mais ne veulent pas savoir. Je me trompais juste de mensonge. Je préférais douter du passé de Mila que de sa promesse, Helena va venir…

Ma mère arriva dans ma vie à pied. C'est moi qui ouvris la porte. Je venais d'avoir cinq ans. Elle était grise comme la pierre, elle avait un regard froid et des yeux de feu. Elle entra, me dévisagea, Mila s'agenouilla aussitôt et me dit, C'est Helena, elle est fatiguée. Mais ses efforts pour me rassurer étaient vains, quelque chose en moi se brisa, si profondément que je ne sus pas quoi. À compter de ce jour, je ne fis plus aucune différence entre l'absence et la mort. Celle qui arrivait ne pouvait être Helena.

Vous êtes le seul à l'avoir vue, Monsieur, à pouvoir me parler d'elle. Pour moi, elle n'est jamais venue.

Mila m'offrit une boîte à musique quand je l'ai quittée pour partir vivre avec ma mère. Dès qu'on en soulevait le couvercle, une danseuse se mettait à tourner dans un décor de velours rouge. Elle avait un sourire fixe, des pommettes roses, la jambe en arabesque. Je la trouvais très seule. Alors un dimanche, lors d'une fin de mariage ennuyeux, j'ai volé la mariée blanche sur la pièce montée, puis je l'ai arrachée à la main de son promis en m'aidant de mon couteau à dents. De retour dans ma chambre, je l'ai plantée dans le velours de la boîte, tout près de la danseuse. Elles étaient deux désormais dans le petit théâtre, elles allaient tourner ensemble, rose et blanche, bras nus dans leurs corsets de fête, pommettes et sourires au beau fixe. Forcément, la danseuse tournait plus vite. L'amie imaginaire s'agrippait en surface. J'aimais cette dame blanche au bord de la chute. Elle vacillait, la main droite abîmée, amputée d'un homme.

J'évitais de dire maman et ne prononçai jamais plus le nom d'Helena. Ma mère avait des gestes un peu brusques quand elle m'enfilait un pull, des baisers secs et maladroits devant la porte de l'école, elle imitait très mal les autres parents, m'infligeait un film sans paroles, son dos figé devant la fenêtre qu'elle n'ouvrait jamais. Elle ne me grondait pas, n'élevait pas la voix, ne me frappait pas. Il n'y eut de violent que cette nuit où elle coupa mes cheveux. Longtemps d'ailleurs je n'ai plus très bien su si c'était arrivé ou si c'était un cauchemar. Car elle remplissait mécaniquement son devoir et je n'avais d'autre choix que d'être une enfant sage.

J'accrochais dans ma chambre toutes mes photos de classe, des rangées de blouses, de tresses et de sous-pulls verts en synthétique, qui laissaient toujours du monde autour de moi. Le soir, je les regardais, très peu avaient été des amis, j'étais de ces élèves silencieuses qu'on installe à côté des bavards pour les faire taire, mais j'égrenais les prénoms des années passées, je faisais en sorte de n'en oublier aucun. Ils dessinaient un monde normal.

J'avais enterré la danseuse du buffet de ma grand-mère, brûlé le donjon qui avait retenu ma mère. Et on ne me vit plus jamais tordre le cou pour regarder passer les avions qui descendaient vers Orly, après avoir franchi des montagnes et des océans au-delà desquels, parfois, un père se réfugie. Je ne guettais plus leurs vibrations, leurs traces cotonneuses dans le ciel, je ne plissais plus les yeux pour faire semblant de voir sortir leur train d'atterrissage, j'avais compris que les avions ne transportaient personne, en tout cas personne pour moi.

Mila est morte quand j'avais vingt ans. J'étais tout près, tout contre elle, j'avais posé ma tête sur son édredon d'hôpital, je caressais son épaule, son bras, son poignet, sa peau flasque et pâle, puis à travers le drap je laissais glisser ma main jusque sur ses jambes. Encore une fois, une dernière, j'interrogeais son corps presque inerte, je cherchais la danseuse, la brune en bas résille au deuxième rang à droite sur la photo, celle qui aurait voulu rester dans la lumière, mais que la maternité et les convenances avaient renvoyée chez elle, celle qui depuis des années me disait, Tu sais, Angèle, on ne s'y fait jamais à l'idée qu'on a vieilli. On habite la même maison mais on voit bien que les gens ne la regardent plus.

Je commençais seulement à comprendre cette vie qui me faussait compagnie et m'avait mille fois conté le panache de sa jeunesse. J'avais l'âge pour partager son désir de plaire, de se couler dans le regard des autres, des hommes en particulier. Et quelques heures avant qu'elle meure, je décidai de la croire, je me mis à l'imaginer parmi les plus belles jambes de toute l'histoire du cabaret et je me souvins du tapis qu'elle roulait le dimanche matin, *Fixe un point, ne le lâche pas et tu ne tomberas pas.*

Ma mère était dans le couloir. Elle nous laissa, Mila et moi, nous dire au revoir dans les effluves d'ether et de désinfectant, comme elle nous avait, naguère, laissées faire connaissance dans sa chambre d'hôpital avec berceau, étrangère toujours à tout ce qui lui arrivait. Mila souleva péniblement sa main, si lentement qu'elle se regardait bouger. La mort est là, dit-elle. Elle promena le bout de ses doigts sur mon visage, descendit depuis mes yeux jusqu'au menton comme si elle y traçait des larmes. Elle était à bout de forces, elle murmura quelques phrases, certaines étaient à peine audibles, mais je comprenais tout, elle m'avait appris à parler. Ses doigts sur mes joues étaient mouillés, C'est bien, dit-elle, ne te retiens jamais de pleurer. *Fixe un point et tu ne tomberas pas.*

Je crois pourtant être devenue froide. Ferdinand dit que je m'arrange pour ne jamais parler de moi. Il a une boutique un peu plus loin, il chine tout, lui, les armoires, les draps brodés, les médailles, les assiettes de loterie, les fauteuils, les gravures, les horloges, les coucous ridicules, tout le bazar que laissent les familles et les vies remplies. Nous buvons chaque matin un café brûlant sur une table bancale qu'il n'arrive pas à vendre, et puis à la mi-journée je prends un thé et lui une bière, j'aime bien regarder la mousse de la bière, la façon qu'elle a d'hésiter en venant au monde, elle déborde et puis s'enfuit, elle panique devant les bouches qui s'ouvrent. Je suis un peu comme elle.

Ferdinand me cuisine un peu, il dit que nous, les filles, nous grandissons plus vite parce que nous savons faire la part du rêve et du désir, je crois qu'il se trompe. La vie condamne les petites filles à l'erreur, je l'ai su très tôt, trop peut-être, et j'ai été incapable ensuite de choisir entre croire et ne pas croire. Ce doute m'a rivée au sol avec les meubles, les objets et les jouets qu'on abandonne. Nos rêves nous les mettons au secret et ils nous manquent.

Y a qu'à voir les petites vieilles qui entrent ici, elles foncent vers les poupées comme des petites filles flétries qui n'ont plus assez de lèvres pour mettre du rouge dessus. Elles sont effrayantes pourtant ces poupées, elles ont le teint blafard, les cheveux comme de la paille, leurs robes puent l'humidité et la mort. Parfois même elles n'ont plus qu'un œil. Mais les vieilles dames ont dû leur confier bien des choses qui ne s'évaporent pas comme ça juste parce qu'on grandit et elles ont dû s'accrocher à elles, il y a longtemps, quand c'était la guerre et qu'elles avaient peur. Souvent je les sors de la vitrine parce qu'elles veulent les toucher, alors elles grimacent de plaisir, elles promènent leurs mains tachées sur la porcelaine devenue grise. Moi dans ces moments-là, je ne dis rien, j'ai des haut-le-cœur, je sais que les jouets mentent. Ils font mine d'appartenir au temps de l'innocence, mais ils ne sont que les agents miniatures d'un monde adulte où les cow-boys friment et les clowns sont tristes, un monde auquel tout enfant est sommé de se plier. Sur cette voiture que je répare, il est écrit « *Made in occupied Japan* », c'est la preuve qu'elle est d'époque, c'est aussi l'empreinte d'une guerre mondiale à balles réelles, gagnée par l'Amérique.

Ces vieilles femmes dans ma boutique, qui retombent en enfance malgré leurs rhumatismes, je les ai beaucoup regardées, j'ai scruté leurs visages, j'ai tenté à travers elles d'imaginer ma mère. Je ne l'ai pas vue vieillir. Quand je passais en bas de chez elle, porte des Lilas, je ralentissais et puis je repartais, ses fenêtres n'avaient rien de ces carrés chauds et lumineux qui semblent attendre encore quelqu'un. Je ne me posais même pas la question de monter la voir, c'était terminé. La dernière fois, nous ne nous étions pas disputées, au contraire, le silence avait été si lourd entre nous que je n'étais jamais revenue. Elle avait choisi de se taire et moi de ne rien demander.

Mais les morts font en sorte qu'on les pleure mieux que les vivants. Elle a fini par parler, Monsieur.

Sous les lettres de Mila, j'ai trouvé un mot, celui qu'il a laissé avant de s'enfuir, l'amant, le coupable, le lâche, le salaud, mon père, comme on voudra. Le père m'est bien égal, j'ai vécu sans et le temps n'est pas réversible. Mais les adieux de l'amoureux m'ont glacée, j'ai senti gronder le sang jusque dans mes oreilles, mon sang, leur sang. J'aimerais vous montrer ce mot, Monsieur. Et votre article aussi, il était juste en dessous. L'ordre des documents avait son importance. Ma mère a soigné sa mise en scène, elle a dû dire à la mort, Tu viens et je dis tout.

Je l'imagine en vieille silencieuse prête à moucharder, chevelure grise chiffonnée et stylo tremblant, le coude posé sur le bord de la table, livrant son pauvre secret. Tout… C'était le nom de l'homme que plus personne n'attendait, ni la police ni moi, elle l'a écrit sous le portrait-robot, il s'appelle Thomas Guitti, il n'est qu'un dessin, qu'une ombre aux pommettes hautes et aux cheveux mi-longs. Mais en le voyant à côté d'elle, loin d'elle aussi, si seule face à la police, si belle malgré son sourire éteint, si proche de celle que j'embrassais le soir avant de m'endormir, en vous lisant aussi… « Elle ne se défend pas. Ne se débat pas. Son corps est à l'audience, mais on dirait qu'elle n'est plus à l'intérieur. La femme amoureuse a ceci de troublant qu'elle est une proie et aussi une force… », j'ai été transportée vers cet abîme qui précéda ma naissance. Je venais de retrouver la trace d'Helena, celle que j'attendais et qui n'est jamais venue, et j'avais le nom de l'homme qu'elle aimait et qui ne revint pas lui non plus.

Je ne sais pas pourquoi, j'ai pensé alors à la collection de photos de mariage anciennes dans la boutique de Ferdinand. Les images sont belles, un peu piquées, un peu passées, le temps leur a ôté leur vernis triomphant, il ne reste souvent que des enfants de vingt ans qu'on a déguisés et placés devant l'autel.

Helena et le portrait-robot ont vingt ans dans votre journal, je ne sais si leurs nuits ressemblaient à des promesses, je ne sais s'ils se seraient mariés, leurs mots se sont perdus en chemin. Ils ne laissent qu'une taularde au regard fixe et un fantôme au crayon dans un journal qui pue la poussière. Votre signature en bas de la dernière colonne fait de vous leur unique témoin.

Je suis partie très vite de chez ma mère ensuite. J'ai glissé les papiers dans mon sac, je me suis relevée, j'ai fui la chambre, claqué la porte d'entrée, j'ai dévalé l'escalier et je me suis retrouvée dans la rue. L'air frais m'a fait du bien. J'ai couru et j'ai marché sur la pente de l'avenue Gambetta, le passé me poursuivait, chaque bâtiment me rappelait quelque chose ou quelqu'un. Un hôpital, un café, un théâtre. Et ressurgissaient la maladie d'un ami, un rendez-vous amoureux ou une pièce de Tchekhov. J'ai longé le Père-Lachaise, cimetière des gens illustres, les arbres sont grands, ils m'ont fait penser à l'orée d'un bois. J'ai continué ma route, j'ai tourné, pris la rue de la Roquette, en pente elle aussi, comme pour m'entraîner. Je suis passée sous un porche ancien, l'entrée d'un square. Je n'étais jamais venue, mais je savais très bien où j'étais.

Il n'y a plus trace de rien là-bas. On a déversé des tonnes de sable, vissé des balançoires, planté des arbres et décrété l'insouciance. Les enfants ne semblent pas savoir ce que c'est qu'attendre. Leurs mères les regardent, un sac plein de gâteaux et d'habitudes posé juste à côté d'elles, on dirait qu'elles s'ennuient, qu'elles n'ont d'autres choix que d'être là, à heure fixe, entre l'école et le repas. Regarde-moi ! dis, regarde-moi ! leur crie l'enfant. Mais qui surveille qui sur l'aire de jeux ?

Là-bas, la mémoire complote. Les chemins serpentent. Le terrain fait des vagues. Le toboggan est habillé d'une tour qui ne guette plus rien. Le pigeonnier ressemble à un mirador. Le grillage court autour des pelouses interdites. Alors, assise sur un banc à l'écart, j'ai cherché une prison sous le sable, un très haut mur sous les arbres, j'ai guetté Helena dans un square, comme avant, comme quand j'étais petite. Et plus le temps passait, plus j'entendais la Roquette, Petite Roquette, prison de femmes sur laquelle des gamins jouent. C'est là qu'elle s'est éteinte et là que je suis née. Je ne le savais pas, je l'ai lu dans les lettres de Mila.

Je retournerai dans ce square. Je n'ai pas d'enfants, je porte un prénom démodé et je vends des jouets qui ne sont plus aux normes, mais je crois violemment au passé. J'ai retrouvé une mélodie ancienne, trois syllabes, Helena, un son ténu que je croyais perdu.

Vous souviendrez-vous ?

… Venez, venez donc, mademoiselle, ou madame, je ne sais. Quel âge avez-vous ? Quarante ans si mes calculs sont bons. Je tremble. Je suis heureux. Votre coup de téléphone m'a coupé le souffle. Je ne vous attendais pas. Peut-être que je vous espérais. J'ai hâte d'être à demain, quand vous serez là, en face de moi. Nous nous assiérons dans mon bureau. Rien n'a changé dans cette pièce où j'ai tant travaillé et pensé à vous. J'y passe encore mes journées, même s'il y a bien longtemps qu'on n'attend plus ni mes articles ni mes avis. C'est là que je suis le mieux. Mes jambes me portent encore, elles pourraient me promener, m'éviter d'être trop vieux, mais je ne sais où aller. J'ai aujourd'hui plus d'amis chez les morts que chez les vivants. Je vous laisserai le fauteuil de cuir, c'était le leur.

Vous dites qu'Helena vient de mourir. Pour moi c'était chose faite. Je l'ai vue prendre congé, il y a bien longtemps. Elle était seule dans le box des accusés, menue, pâle, presque sans ombre. Elle ne laissait voir que deux yeux noirs. Sa silhouette s'effaçait sous des vêtements larges. Les menottes semblaient inutiles pour ses fines attaches. Elle se dérobait de l'intérieur. Nulle trace de vie, ni de vous, en elle.

Je ne sais toujours pas pourquoi son histoire a heurté la mienne. Je ne pourrai que vous raconter, rien vous expliquer.

J'étais alors un journaliste accrédité au Palais, un chroniqueur judiciaire, un type qui passe ses journées au théâtre des pulsions humaines. J'écoutais de sordides romans familiaux et de brillantes crapules, j'entrais dans des maisons où par chance je n'habiterais jamais. Au procès d'Helena, nous n'étions pas nombreux. Il ne s'agissait que d'un casse médiocre dans une bijouterie de quartier mais, cette année-là, il y avait un avis de tempête, la jeunesse cherchait le zéro de conduite, elle faisait parler d'elle, alors je m'étais dit que de jeunes bandits amoureux pillant le petit bourgeois pouvaient faire un bon article ; ils ont en général des gueules d'ange, une arme trop grosse pour eux, et la fougue qu'on n'a plus, peut-être même jamais eue.

— Vous étiez deux ? a demandé le juge.

— Oui.

— Et là devant nous, vous êtes seule ?

— Oui.

— Et vous trouvez ça normal ?

— Celui qui reste n'est pas meilleur que celui qui s'en va.

Voilà ce qu'elle lui a répondu.

Je n'ai pas oublié cette phrase, cette façon qu'elle avait de brandir une vérité pour protéger un homme en fuite. C'était très à la mode, la vérité. En ce temps-là, les mots n'avaient peur de rien. Ils conspiraient tout le temps. Ils vous donnaient de l'élan. Je me revois dans mon imperméable toujours froissé à force de m'asseoir dessus, j'avais le cerveau encombré d'événements, les doigts jaunes de trop fumer, de grandes jambes qui me permettaient d'aller vite. Et j'étais comme beaucoup d'autres, plus courageux en écrivant que dans la vie.

Mais je me méfiais tout de même des verbes grandiloquents, tellement de bavards se cachaient sous leurs jupes pour les bafouer tranquillement. Ça a mal fini d'ailleurs. Les mots sont sortis malades du siècle dernier. Les illusions aussi. Elles manquent aujourd'hui, même à moi qui n'attends plus rien.

Le juge faisait fausse route. Il s'obstinait à vouloir la faire parler. Il ne croyait qu'en son autorité. Il n'y aurait pourtant pas de larmes dans le box, pas de nom lâché dans un cri. Elle était fière. Elle aimait ce sacrifice qu'elle faisait. Elle ne niait rien des faits qu'égrenait la cour. Elle disait juste : Oui. Oui, ils sont entrés peu de temps avant la fermeture alors que la bijoutière déposait le contenu de la vitrine sur de petits plateaux de velours noir, elle d'abord, lui ensuite ; Oui, ils avaient cagoule sur la tête et foulard sur le visage ; Oui, ils ont exigé que le rideau de fer soit baissé, la caisse et le coffre ouverts ; Oui, l'homme avec elle s'est énervé, a violemment frappé le propriétaire qui résistait, tandis que d'une arme elle menaçait son épouse ; Oui, ils ont paniqué, pris la fuite sans avoir ramassé tout ce qui était à prendre ; Oui, elle a eu peur que ça tourne mal ; Oui, ils se sont séparés en croyant se rejoindre ; Oui, elle regrette… Mais elle n'a pas eu un regard pour les victimes.

— C'est lui qui vous a entraînée ! Que vous a-t-il dit avant de partir ? Il a promis des retrouvailles, peut-être ?! s'emporta alors le juge.

Tout juste s'il ne ricanait pas en prononçant sa dernière question, il savait tout, lui, de la fuite des hommes. Il méprisait cette ardente coupable qui, de tout son être, prétendait qu'à deux on peut s'envoler.

— Il m'a embrassée, a répondu Helena.

Elle agaçait. La magistrature aime impressionner, elle cache sous sa robe une chair flasque, repue d'importance, l'uniforme est sa véritable peau. Quant au jury, il aurait pu l'aimer, atténuer la sévérité réclamée par la cour, si seulement elle avait pleuré, témoigné de la faiblesse des femmes. Mais Helena, quand elle répondait, semblait émerger victorieuse d'une nuit avec son amant. Son cœur battait vite. Sa peau était gorgée de souvenirs et de caresses, les dernières avant longtemps, les dernières peut-être. Déjà ses maigres épaules avaient la froide immobilité des bustes de marbre. Ses mains ne bougeaient pas et n'imploraient aucune clémence. Ses yeux étaient si noirs qu'ils changeaient l'émotion en détermination.

Elle n'avait pas peur d'eux, ni de rien, si ce n'est de l'amour non partagé. On devinait en elle un sanctuaire où s'écrivait une suite, des retrouvailles. Elle devait attendre impatiemment la nuit pour bricoler des rêves éveillés. Qu'inventait-elle ? Un sifflement, un signal connu d'elle seule qui lui indiquerait le moment venu de se faire la belle ? Ou bien la gare, la foule, l'horloge, le train qu'elle prendrait pour le rejoindre en veillant à ne pas être suivie, une fois sa peine purgée, et puis l'arrivée, le ralentissement, une silhouette encore tourmentée faisant les cent pas sur le quai, cinq années passées effacées, une longue étreinte... Dans sa tête, un rouet échappé des vieux contes pour petite fille remontait le fil du temps, fournissait du coton doux à ses rêves.

Elle croyait protéger un homme mais elle s'infligeait une peine plus lourde encore que les futures réquisitions du procureur : le souvenir sans trêve. Elle allait être condamnée seule. Tout l'accusait.

— Pourriez-vous décrire ces personnes ? demanda le juge à la bijoutière.

— Elle portait un foulard sur le visage, mais c'est bien elle, elle avait les yeux noirs, les cheveux châtains un peu bouclés, elle était jeune, mince, elle portait un pull bleu marine. Lui avait mis une cagoule, je n'ai pas vu son visage.

— Pourriez-vous décrire l'arme ?

— C'était un pistolet noir avec un long canon. Je l'ai bien vu, parce qu'elle a pointé son arme dans ma direction puis dans celle de mon mari. Mais c'est lui qui parlait. Il a dit, Remplissez les sacs, dépêchez-vous, et posez-les ici. J'ai rempli le sac de montres, je l'ai posé sur le comptoir...

Sa mère, votre grand-mère, était là qui tremblait. Elle avait la cinquantaine et des cheveux trop jaunes.

Elle raconta un lointain cabaret parisien, la guerre qui n'en finissait pas, une loge, un costume, un spectacle qui sans doute la faisait plus belle qu'elle n'était, un père inconnu, musicien croisé un soir de mauvais champagne dans les coulisses, l'enfant qui vint, qu'elle éleva seule. Elle cherchait des circonstances atténuantes à sa fille. Mais elle n'intéressait pas le juge. Il voulait juste l'homme qui manquait dans le prétoire. Lorsqu'il lui demanda si elle le connaissait, elle a dit ne pas l'avoir rencontré, ne pas savoir où Helena le voyait.

Bien des mères auraient chargé l'homme, pas elle. Quand le lendemain le verdict est tombé, elle s'est s'agrippée fort aux anses de son sac, je l'ai vue chercher le regard de sa fille, mais Helena ne semblait plus voir personne, elle s'éloigna, menottée, entre deux gendarmes, elle repartait pour la Petite Roquette. Elle allait coucher sa solitude sur le troisième lit d'une cellule. Trois, c'était alors le chiffre magique de l'administration pénitentiaire. Une seule pouvait se suicider, deux pouvaient s'aimer, à trois, il y en avait toujours une pour surveiller les deux autres.

Je suis allé rédiger mon article, celui que vous avez retrouvé. J'ai écrit vite d'abord, on ne plaisantait pas avec l'horaire de bouclage, puis j'ai ralenti, hésité sur la chute, je me la rappelle très bien,

« La femme amoureuse a ceci de troublant qu'elle est une proie et aussi une force. La cour n'a pas aimé qu'on lui résiste. Le procès d'un vol est devenu celui de la passion. Helena Danec a été condamnée à cinq ans de prison. » La sténo du journal a sifflé quand j'ai eu terminé de dicter. Le lendemain, j'étais dans une autre salle d'audience, une autre histoire m'attendait mais le visage d'Helena me revenait, ses deux yeux noirs intenses sous ses sourcils légèrement arqués me poursuivaient. Elle continuait de cheminer en moi sans que je sache pourquoi. Lui ressemblez-vous ? J'aimerais tant la voir repasser sous les traits de celle que ses vingt ans n'ont pas condamnée.

Je sens qu'en m'apprenant sa mort, vous avez refermé un peu plus le livre de ma vie. Le journal pour lequel je travaillais a disparu comme beaucoup d'autres. Aujourd'hui, je n'entends plus que des commentateurs hippiques récitant des performances électorales et financières ou d'obscènes pleureuses accrochées à leur micro. Il faut compatir ou applaudir, si peu réfléchir. Désolé, mademoiselle, je suis comme tous les vieux, persuadé que tout se perd depuis que je n'y suis plus. Ma femme est morte, il y a deux ans, bien qu'un peu plus jeune que moi. Nous avons appartenu à ceux qui se marient pour toujours, nous nous aimions. Mon fils, lui, ne vient que trop rarement frotter ses coudes sur le fauteuil où vous allez vous installer. Il n'habite pas Paris. Il vit à l'étranger. Il s'est inventé d'autres conquêtes que les miennes, c'est bien mais il me manque et je sens dans nos conversations trop de blancs et de formules convenues. Il est malheureusement trop tard pour la connivence.

Je hais maintenant mes absences auprès de lui. Je ne vivais que pour mon travail, lorsque je rentrais, il dormait déjà. Les soirs où, par miracle, j'étais là, je tentais de me rattraper, je l'emmenais face aux globes terrestres dans mon bureau, j'en faisais collection, il fermait les yeux le doigt pointé en avant, je tournais la planète et, lorsqu'elle s'arrêtait, nous avions sous la main la destination de ses rêves. Alors je lui décrivais les lieux, j'inventais les lacs de Sibérie, les atolls du Pacifique, les déserts d'Afrique... J'aurais dû lui parler de ce que je faisais, plutôt que d'endroits où je n'étais jamais allé.

Je me rappelle de lui, un matin tôt, nous étions dans la voiture, j'avais précipité notre retour de la campagne, Pompidou venait de mourir. J'écoutais la radio en boucle, je laissais l'information nous envahir, nous répéter une deuxième, une troisième, jusque dix fois la mort du chef de l'État, quand j'ai entendu mon fils, allongé sur la banquette arrière, me demander d'une voix inquiète :

— Tu as du chagrin, papa, hein ?

— Mais non, c'est important, c'est tout ! lui ai-je dit.

J'ai glissé ma main à l'aveugle vers lui, j'ai tapoté gentiment sa cuisse tout en riant de sa naïveté. Mais comment pouvait-il savoir que ce qui est important ne vous touche pas forcément ? L'inverse n'est pas vrai : ce qui vous touche est important. J'ai eu du chagrin pour votre mère. Elle errait dans la plus cruelle des impasses féminines, là où mendient les amoureuses.

Je vous montrerai les vieilles planètes où j'entraînais mon fils, elles sont toujours là. Elles doivent être pleines de poussière, plus personne n'y pose le doigt. C'est de toute façon un voyage dans le temps que nous préparons. Votre voix dans le téléphone reste pour moi celle d'une enfant.

Ils ont usé avec vous, je présume, de mots bien connus des gamins, on vous disait que votre maman avait fait des bêtises. J'aurais sûrement fait la même chose à leur place, j'aurais servi une version sans gravité, même si l'enfant a moins peur de la vérité que celui qui veut le rassurer. De cette prison-là, on pouvait faire toute une histoire, un conte fantastique, un château fort imprenable, avec ses grosses pierres noires, ses tours rondes, ses douves, ses grilles, ses bonnes sœurs sévères. Êtes-vous passée là-bas, petite fille ?

Je vous imagine baissant les yeux sur vos souliers pour ne rien voir des ombres trop grandes, trop hautes comme les murs, pour que tout reste flou comme les explications des adultes. Votre grand-mère vous accompagnait, elle n'avait plus ses cheveux jaunes, le destin l'avait ramenée à de plus sages manières. Je vois nettement la scène car vous revenez d'années lointaines qui n'ont pour moi rien de flou.

Je vous ai croisée toute petite, une fois où je n'aurais pas dû, vous teniez la main de votre mère, elle n'était plus en prison, elle marchait vite et tirait sur votre bras. Je l'observais de loin, ce n'était pas ma place, mais j'avais quelque chose pour elle. Je ne vous ai rien dit au téléphone, j'ai préféré vous presser de venir, vous installer là dans le fauteuil. Ce n'est pas rien l'irruption du secret. Votre père est passé ici.

C'était un dimanche, je m'en souviens parce que nous venions d'acheter notre première télévision en couleurs et nous ne nous lassions pas de la regarder comme si le monde tout entier entrait chez nous. Il n'est pas monté. Il a déposé une épaisse enveloppe à mon nom dans la loge de la gardienne qui m'assura ensuite n'avoir vu personne. Je ne sais combien de temps s'est écoulé entre son passage et le moment où j'ai ouvert l'enveloppe, mais quand j'ai trouvé mon article plié en quatre et entendu tinter les bijoux derrière le papier kraft, j'ai immédiatement compris de quoi il s'agissait, j'ai dégringolé l'escalier, j'ai couru dans la rue et j'ai cherché avidement du regard la présence d'un homme faisant le guet sur le trottoir. Mais rien, le passage habituel. Il s'était évanoui.

Je suis remonté l'enveloppe à la main. J'avalais les marches deux par deux. Pourquoi moi ? pourquoi ici ? Et me revenait le visage d'Helena qui devait espérer encore. L'espace d'une minute, peut-être deux, je me suis mis à y croire avec elle. Étais-je devenu l'intermédiaire d'un plan d'évasion ou d'un rendez-vous futur ? Je me suis enfermé dans ce bureau. Au fond de l'enveloppe, il y avait une feuille blanche pliée en quatre, je l'ai dépliée et je l'ai lue sans penser une seconde qu'elle ne m'était pas destinée.

Je l'ai lue comme on ralentit sur la route pour regarder l'accident. Je la connais encore par cœur, « Helena, je m'en vais. Je compterai chaque jour qui te reste… » Oui c'est ça… « Je compterai chaque jour qui te reste, mais je ne serai plus là quand tu sortiras… »

J'ai pensé que jamais je ne remettrais cette lettre, que ce salopard n'avait qu'à se débrouiller, qu'il valait mieux laisser Helena tranquille, le temps se charge toujours de liquider l'espoir. J'ai remis le tout dans l'enveloppe, la lettre, les montres, les colliers, et je les ai déposés au fond d'un tiroir fermé à clé. Ensuite, je suis resté assis un long moment devant mon bureau. Je ne savais où fixer ma pensée, où était ma place, j'ai pris l'article resté devant moi, je l'ai relu et j'ai réalisé combien les mots avaient agi à mon insu, ils s'attardaient sur votre mère, ses yeux noirs et ses silences, ils laissaient voir la tendresse que j'avais pour elle, je dis la tendresse, mais quarante ans après, il est temps d'avouer mon béguin.

J'ai rangé l'article avec le reste. Puis j'ai regardé mes mains comme si elles avaient agi seules. Je n'irais pas voir la police, ni même l'avocat. En un instant j'étais devenu receleur de bijoux volés. Et quand Helena sortirait, elle aurait sa part du butin, je ne savais ni comment ni pourquoi, mais elle l'aurait.

Et ainsi pendant des années, je fis du recel tout en tenant la chronique des procès du Palais. Huit montres en or aux aiguilles immobiles, un long sautoir de perles et un diamant monté sur une bague faite pour le doigt d'une fiancée dormaient au fond de mon tiroir. Parfois je l'ouvrais, mais pas jusqu'au bout, au simple toucher je vérifiais que tout était là. Une arme m'aurait fait la même sensation. C'était mon secret, ma déviance, ma désobéissance. J'attendais. Les mots de Tom me revenaient de plus en plus adoucis. Je pensais à Helena qui dormait en prison tandis que ceux de son âge faisaient la révolution et laissaient chaque matin sur le trottoir en bas de chez moi les restes calcinés de leurs batailles nocturnes avec la police. J'aurais dû partager alors les regards et les murmures scandalisés de mes voisins, mais je les fuyais, j'étais curieux de cette période sismique, de ses coups de vent, je me disais qu'Helena aurait dû être là, parmi les jeunes femmes aux cheveux dénoués qui s'enfermaient avec un amant d'un soir dans une chambre, sans se soucier de ce qu'il adviendrait.

Il fallut des années pour que je m'acquitte de ma mission. C'était en avril 1974, longtemps déjà après sa sortie. La retrouver n'avait pas été chose facile, elle habitait la banlieue sud près de chez sa mère. Elle figurait dans l'annuaire. J'ai appelé plusieurs fois sans résultat, puis un soir elle a décroché. Je me suis présenté, je lui ai dit que j'avais un paquet pour elle et de qui il venait, je parlais si vite qu'il me semblait voir mes mots s'enrouler jusqu'à elle dans le fil du combiné. Elle ne disait rien. Après un long silence, je lui ai demandé comment la rencontrer, elle m'a expliqué qu'elle finissait son travail à 18 heures, que nous pouvions nous retrouver place de la Bastille. C'était sur son chemin, elle prenait un train gare de Lyon pour rentrer.

— Je vous reconnaîtrai comment ? a-t-elle demandé.

— C'est moi qui vous reconnaîtrai.

Deux jours avant celui de notre rendez-vous, j'ai pris un train gris aux banquettes fatiguées par les heures de pointe, il menait jusque chez elle. Je voulais l'apercevoir avant de la rencontrer. À l'heure où les gens rentrent chez eux, je me suis retrouvé parmi des immeubles bas sur des trottoirs larges où il n'y avait jamais la foule et jamais l'impression de la ville. Je ne l'ai pas reconnue tout de suite, non pas qu'elle eût tant changé, mais une petite fille trottait à ses côtés.

À sa démarche rapide, pourtant, à la façon qu'elle avait de tirer sur le bras de l'enfant que ses petites jambes laissaient en arrière, je pressentis que c'était elle. C'est ainsi que j'ai su votre naissance. Je me suis approché de façon à vous croiser toutes les deux. J'ai eu le temps de voir que vous aviez les yeux clairs. Helena regardait droit devant. Elle ne masquait pas sa défaite. Chez elle, la flamme avait brûlé tout d'un coup. Rien ne mentait sur son visage, même pour la petite fille qui l'accompagnait.

Le jour dit, place de la Bastille, j'étais en avance devant la bouche de métro dont nous étions convenus. Je ne savais pas si nous allions marcher, nous asseoir dans un café, ou simplement nous passer l'objet puis nous tourner le dos. J'étais mal à l'aise, j'avais envie de fuir et de rester. Puis je l'ai vue s'approcher et me chercher des yeux. Elle portait une veste de laine bleu marine fermée par une ceinture à la taille. Ses deux mains déformaient les poches, elle semblait avoir les poings serrés à l'intérieur. Je lui ai fait signe, elle s'est approchée, m'a tendu une main fuyante. Elle était belle encore, mais voilée par des années qui comptent triple. J'ai immédiatement sorti l'enveloppe de ma sacoche.

— Il a dit quelque chose ?

— Je ne l'ai pas vu, il a laissé ça dans la loge de la gardienne à mon nom.

— Pourquoi vous ?

— Je ne sais pas, sûrement à cause de l'article, j'ai suivi votre procès.

— Il est venu il y a longtemps ?

— Six ans…

C'était trop de temps, trop d'années. Celui qui avait écrit était loin, Helena le savait. Les mots ultimes la poursuivaient depuis qu'elle s'était retrouvée seule dans le wagon d'un train pour deux à la gare Montparnasse. Mais qui peut s'empêcher de croire à l'impossible au bord d'une enveloppe ? Sa main tremblait en glissant à l'intérieur. Elle aurait pu s'éloigner, partir lire seule et un peu plus tard, mais elle ne bougea pas. Quand enfin elle retira la lettre et leva les yeux vers moi, je m'écartai légèrement, je n'étais qu'un messager échappé des vies tranquilles, mais elle demanda :

— Vous l'avez lue ?

— Oui, excusez-moi.

— Alors, lisez-la-moi.

Ses cheveux en cascade la faisaient ressembler à toutes les Vénus de pierre. Elle avait rétréci la foule à sa seule présence et intimé l'ordre au vent de ne pas l'effleurer. Elle ne bougeait pas et ne me laissait pas le choix. J'ai offert ma voix à l'amant en fuite.

Helena,

Je m'en vais.

Je compterai chaque jour qui te reste, mais je ne serai plus là quand tu sortiras. Ne me cherche pas, je ne t'attendrai nulle part.

J'ai bien réfléchi. Il n'y a pas d'après à tout cela, pas de retrouvailles possibles. Je m'enfuis. J'ai toujours dit que je m'en irais, je ne pensais pas que ce serait comme ça. J'emporte avec moi mon saxophone et mes souvenirs, je n'oublierai jamais ce qui nous est arrivé et ce que tu as fait pour moi.

L'amour n'est souvent qu'un bel accident. Le nôtre a fait une victime, c'est toi. Tu trouveras dans ce paquet de quoi récupérer un peu d'argent. Je ne peux pas faire plus.

Adieu.

Tom

Elle s'est retournée vivement, comme si la porte d'une chambre venait de claquer. J'ai posé ma main sur son épaule, elle m'a laissé faire. Nous sommes restés ainsi un long moment puis nous nous sommes mis à marcher sans l'avoir décidé. C'était une manière de faire durer notre rencontre, les mots n'y suffisaient pas. Elle n'arrivait pas à partir. Moi non plus.

— Le reste, reprenez-le, je ne peux rien en faire. Offrez-les à votre femme.

— Vous aurez besoin d'argent.

— Peut-être. Mais de ça je ne peux rien faire, reprenez tout.

Je n'ai pas répondu. J'ai repris l'enveloppe, heureux sans me l'avouer de garder encore un peu le secret au fond de mon tiroir et fermement décidé à les écouler et à lui donner l'argent. C'était le moment de lui parler de vous, mais je ne l'ai pas fait.

Ses yeux étaient rouges. Parfois nos coudes s'effleuraient. De quoi avions-nous l'air ? J'étais trop jeune encore pour être son père, trop réservé pour l'amant, trop raide pour le grand frère ou l'ami. Nous n'avions pas de lien mais un secret. La cloche d'une église lointaine a sonné 7 heures. Les gens avaient le pas rapide. Nous n'étions pas en rythme. Pas au présent.

Elle a sorti une cigarette, elle m'a dit s'être mise à fumer en prison. Nous avons longé le faubourg Saint-Antoine et ses magasins de meubles. Dans les vitrines, les couleurs étaient criantes, le bois, brut et le plastique, de plus en plus à la mode. Les artisans des arrière-cours pavées disparaissaient les uns après les autres, et avec eux le bois exotique, les odeurs de vernis et la salle à manger faussement Belle Époque dont rêvaient naguère les jeunes mariés. Tout changeait. La ville fonçait vers le progrès, elle brassait les désirs sans un regard pour son passé, sans égard pour le chagrin d'Helena. Et j'étais sans un mot pour vous.

Bientôt nous sommes revenus au point de départ, à la station de métro, comme si la rencontre et les phrases ne devaient de toute façon mener nulle part. Il commençait à pleuvoir. C'est beau la pluie dans les faisceaux de lumière des réverbères. Nous nous sommes dit au revoir très simplement, ma main avait depuis un moment lâché son épaule, la sienne était pâle et molle. J'avais en tête des formules idiotes sur sa jeunesse, la longueur d'une vie, mais elles étaient inutiles. Je l'ai regardée descendre l'escalier du métro. Sur notre droite commençait la rue de la Roquette. Il suffisait de la remonter pour constater que la prison avait disparu.

Il fait nuit. Je marche. Je t'entends Mila depuis la rue des Écoles où ni toi ni moi ne sommes allées.

— Sors de là, mon ange, sors d'ici et bouche-toi les oreilles.

Tu avais tout compris de ce qui s'était passé, tu avais posé longuement tes lèvres sur mon crâne aux cheveux ras, tu avais pris ma main, tu m'avais conduite dans le couloir, puis tu avais refermé la porte… *Sors de là, mon ange. Sors d'ici et bouche-toi les oreilles…*

Ça ne servait à rien, Mila, j'avais tout entendu cet après-midi-là. J'avais obéi, à toi toujours, j'avais appuyé fort sur mes oreilles, mais les mots passaient quand même. Ils entraient avec fracas dans ma tête, ils glissaient tout au fond de ma mémoire, ils savaient sûrement que je viendrais les y rechercher un jour. C'est aujourd'hui.

Je viens de quitter un vieil homme, un journaliste qui ne sort plus beaucoup de chez lui, il a des cheveux tout blancs qu'il repousse vers l'arrière, un visage avachi sans rides et des yeux qu'il plisse si fort que la peau a mangé son regard. Il a surtout une voix chaude, il a dit en ouvrant sa porte, Alors vous êtes la fille d'Helena ? Je n'ai pas répondu. Il n'a pas fait attention, il m'entraînait déjà vers son bureau. À nous voir, nul n'aurait cru que je l'avais appelé la veille en tremblant, je croyais le déranger, j'avais bafouillé son nom, puis le mien, et il avait soudain semblé pressé de me voir.

— Danec ! Je sais qui vous êtes !

Je l'ai suivi le long d'un couloir, des portes entrouvertes laissaient deviner un intérieur bourgeois, des moquettes sombres et des gravures aux murs, la vie semblait être passée calmement chez lui. Je me suis retrouvée assise dans un vieux fauteuil de cuir et lui en face de moi. Il parlait sans s'arrêter, heureux que je sois là, et très vite j'ai renoncé aux formules, aux questions et aux remerciements que j'avais préparés. Un langage intime s'est installé entre nous.

Il avait rassemblé pour moi tous ses souvenirs, mis bout à bout les phrases et les silences d'Helena, et au fil des mots je l'ai vue qui s'évaporait pour toujours place de la Bastille. Il s'est attardé longuement sur la scène, comme il a dû rester en haut des marches bien après qu'elle fut partie. Il murmurait presque, il était essoufflé. Chaque phrase était comme une marche de plus vers la disparition. Et il m'entraînait, j'étais à côté de lui, je l'avais rejoint sur la place, je regardais la silhouette de celle que j'embrassais le soir dans le cadre de la photo descendre l'escalier du métro sans se retourner. Le temps s'était arrêté ou renversé, je n'avais plus d'âge, juste ma robe blanche avec un liseré rouge et bleu à l'encolure, celle que je portais et que je déformais à force de remonter mes genoux en dessous le jour où tu criais de l'autre côté du mur.

Je t'entends Mila, tu disais Salope, tu disais Sorcière, tu disais Monstre, tu ne pouvais plus t'arrêter, tu lui hurlais qu'elle n'était plus ta fille. J'avais mes deux bras autour de mes jambes, j'avais froid, j'avais peur. Depuis le haut de l'armoire, une poupée bretonne restée dans sa boîte me fixait, elle était ridicule avec sa coiffe en dentelle, plus moche que moi encore sans mes cheveux. Au premier silence, j'avais redressé la tête, espéré que c'était fini, mais tu ne faisais que reprendre ton souffle, tu préparais ta dernière cartouche. Tu avais dit froidement, Je comprends mieux ce Tom qui ne t'aimait pas ! Pas un mot ensuite. Et le silence a duré. Je n'avais pas compris ce que tu avais dit, mais je savais que c'était grave. J'avais tiré si fort sur ma robe, pour n'être qu'une boule, qu'un sac posé dans l'entrée, qu'elle avait craqué. Et puis soudain sa voix à elle, de l'autre côté de la porte, si rare, presque enrouée à force de silence.

— Et toi, qui t'a aimée ?

Elle répétait la même chose de plus en plus fort et je l'imaginais qui s'approchait en ouvrant grand sa méchante bouche pour te mordre, Mila, Hein, dis-moi ! qui t'a aimée ? qui t'a aimée ? qui t'a aimée ?

J'ai tout entendu, Mila. Moi je t'ai aimée.

Et je marche comme il marchait, ce Tom, à l'autre bout du temps. Il est venu là tout comme moi, ou plutôt moi comme lui. Il avait une enveloppe sous le bras. Le message était à l'intérieur. Lisse. Celui que je transporte, Helena l'a froissé.

— J'ai retrouvé cette lettre que vous lui avez portée…

— Alors elle l'a gardée ?!

— Oui.

— Elle n'était plus qu'une boule dans sa main. Vous savez je la connais par cœur, elle est restée ici si longtemps. Ça m'a coûté d'avoir à porter un tel message… Je ne sais d'ailleurs plus très bien ce qu'il veut dire. Il y a cette formule sur l'amour, elle est belle mais pas très courageuse. Il ne met pas de pronom personnel devant l'amour.

— Il l'a aimée ?

— Je ne sais pas, a dit Valbon.

Ses fenêtres donnent sur l'université. Son bureau est grand, lumineux, tapissé de livres empilés dans tous les sens, encombré d'objets qui n'ont visiblement pas bougé depuis longtemps. J'ai remarqué d'anciens globes terrestres qui seraient du plus bel effet dans l'allée numéro 7, chez Ferdinand, et aussi des photos d'une famille à trois, une femme, un fils dont il m'a vaguement parlé. Il a l'air seul maintenant, il avait mis son pull à l'envers, l'étiquette pendait dans sa nuque. Je n'ai pas compris tout de suite qu'il était aveugle. Il vit replié dans une pièce pleine d'habitudes, il a des gestes sûrs.

Je pleure. Je pleure et je marche. Je me fous de ce que les gens pensent. Oui, Mila, ne jamais se retenir de pleurer. J'obéis, à toi toujours. Pleurait-il, lui ? C'est rare que les hommes pleurent, ou alors il faut qu'ils aient très mal.

Il a dû courir, avoir peur de la toile cirée de la gardienne, du crucifix au-dessus de sa table, de la rampe de bois cambrée vers les étages, peur des objets, du passé lancé à ses trousses, peur des pas qu'il entendait derrière lui, les pas d'Helena, il était le seul à les entendre, c'est le lot de ceux qui fuient.

— Il l'a aimée ?

— Je ne sais pas.

— Il s'appelle Thomas Guitti.

— Vous connaissez son nom ?

— Oui, elle l'a écrit sur votre journal, sous le portrait-robot.

— Faites voir !

Il s'est levé d'un bond, il a saisi l'article, puis la loupe sur son bureau, il a tordu son visage pour voir de lui-même la trace de l'aveu, il semblait supplier ses yeux de fonctionner encore un peu, mais il distinguait mal la tache d'encre, et la poussière du papier le faisait tousser. Il avait l'air très vieux, comme toute cette histoire, et ce qu'il avait écrit ne lui appartenait plus. Je lui ai redit doucement : Thomas Guitti, il a ensuite fait semblant de deviner quelques lettres sur le journal. Qu'importe qu'il le lise ou pas, le nom d'un homme passé dans la vie d'une femme ne parle qu'à elle.

Soudain il a ri. Un petit rire rauque et nerveux qui est revenu plusieurs fois. C'était étrange. J'ai alors pensé au sourire accroché au visage des sourds. Ceux qui ne voient pas ou n'entendent pas ont sûrement peur de ne pas assez réagir, alors il a ri. Et moi avec lui. Je me suis laissé entraîner. Ce rire n'était qu'une purge, un trop-plein de secrets. Ou la peur qu'ils nous submergent. Le passé agissait encore sur nos vies et nous aurions très bien pu pleurer.

— Comme c'est bavard un vieux journal. C'est pour ça qu'on les brûle, pour pouvoir dire : on ne savait pas. Les souvenirs sont là pour nous prévenir.

— Ma mère aussi a voulu me prévenir.

Et je lui ai raconté, la nuit, ma chambre, les ciseaux, mes cheveux, puis le matin : Te voilà prévenue.

— Prévenue de quoi ?

— Je ne sais pas.

— Du danger peut-être.

— Quel danger ?

— Du danger à vivre avec elle… Et aussi du danger d'être une fille.

— Vous lui trouvez toujours des excuses !

— Oui…

Et il a encore eu ce petit rire étrange.

Je t'entends, Mila, depuis la rue des Écoles où ni toi ni moi ne sommes allées, tu dis Salope, tu dis Monstre, tu dis Sorcière.

Lui semble dire autre chose que je ne comprends pas. Son cou tremble lorsqu'il parle, on dirait que derrière les plis de sa peau avachie, il y a une armée de mots. Rien de ce que je lui raconte ne peut ternir son souvenir. Il a réponse à tout.

— Elle ne m'aimait pas.

— Elle ne pouvait pas. C'est lui qu'elle aimait.

Il a dit ça comme une évidence. J'ai eu subitement envie de crier, lui crier que ses planètes ne disent plus rien du monde puisque des guerres ont déplacé les frontières, que ses livres prennent la poussière, que les vases autour de lui réclament des fleurs, que ses pendules sont arrêtées, que le temps a passé, a éteint ses yeux, déformé les jambes de Mila, et aussi Helena devenue ma mère, une femme froide et méchante, il peut bien avoir pitié d'elle, elle n'a jamais eu pitié de moi.

Mais je n'ai rien dit, c'était inutile. Dehors le jour tombait doucement, la pièce devenait plus obscure. Et j'ai voulu partir. Je venais chercher Helena, je l'avais retrouvée. Je ne sais pas encore si ça fait du bien ou du mal, je suis le maillon entre elle et ma mère. C'est moi qui l'ai changée. Ou c'est lui.

De quel côté était-il reparti ? Je descends vers la Seine.

J'ai parlé trop vite. J'ai été brutal. Tant de phrases nouées depuis longtemps se bousculaient au fond de ma gorge, tant de visages, tant de minutes cruciales, tant de pages jaunies flottaient ici aujourd'hui. Helena était là, je l'ai vue passer entre nous. Je ne voulais pas la laisser condamner une seconde fois.

— Elle ne m'aimait pas.

— Elle ne pouvait pas. C'est lui qu'elle aimait.

Vous n'avez rien répondu et maintenant vous êtes partie. La nuit est tombée. Votre parfum traîne encore, il fait du bien à cette pièce où je me replie, elle sent le vieux. L'odeur c'est tout ce qui me reste. Je n'ouvre plus les livres qui m'entourent. Je devine à peine les contours de ma femme et de mon fils, leurs bras dorés et leurs cheveux salés sur les photos de vacances. Et je ne vous voyais pas, chère Angèle, je captais le mouvement de vos mains vers l'arrière, peut-être vers un chignon indocile, vos jambes qui se croisaient et se décroisaient, mais je ne voyais pas vos yeux, votre bouche…

— Lui ressemblez-vous ?

— À vous de me le dire.

— Je suis quasiment aveugle.

— Excusez-moi, je ne savais pas.

— Je me contente des voix, des silhouettes et aussi des souvenirs. Vous aviez les yeux clairs...

— Ils sont verts.

— Et vos cheveux, châtains, bouclés ?

— Un peu oui.

— Comme elle...

Encore une fois vous n'avez pas répondu. Vous ne jouez pas au jeu des ressemblances. J'espère simplement que la dureté n'est pas venue s'imprimer sur vos lèvres ou dans votre regard, comme sur elle.

Ce soir, je la vois.

Elle entre dans le box des accusés, je suis là, parmi les spectateurs, elle est belle, inaccessible, ses deux yeux noirs font tout pour démentir la fragilité que son corps suggère, elle fonce vers le verdict et je ne peux rien pour elle.

Elle entre dans votre chambre, je suis là, parmi vos peluches et vos poupées avachies sur l'armoire, j'ai leurs yeux de plastique, ronds et immobiles, le bec métallisé des ciseaux avance vers votre tête et je ne peux rien empêcher.

Il aurait pourtant suffi que je lui parle de vous place de la Bastille, que je la rappelle lorsqu'elle s'est engouffrée dans le métro, que je lui propose de prendre de ses nouvelles et des vôtres.

— Vous ne lui avez pas parlé de moi ?

— Non, je n'y arrivais pas.

— Pourquoi ?

— Je crois que j'ai eu peur de lui avouer que j'étais venu jusqu'en bas de chez elle.

— Elle vous faisait donc peur à vous aussi ?

— Bien sûr…

Vous aviez six ou sept ans cette nuit où elle a coupé vos cheveux, ça s'est donc passé peu de temps après ma rencontre avec elle. J'aurais dû prévoir sa réaction. Tout en elle sonnait l'alerte, la dureté de son bras au bout du vôtre, le tremblement de sa main lorsqu'elle a sorti la lettre. Mais elle asséchait toute question, interdisait toute émotion, sa raideur était contagieuse. Je l'ai laissée partir.

Une fois rentré chez moi, j'ai foncé vers mon bureau, sans un bonsoir pour les miens, j'ai fermé la porte, remis les bijoux dans le tiroir, j'étais essoufflé, j'avais l'impression que tout ce qui venait d'arriver se lisait sur moi comme dans un livre. Mon fils tambourinait.

— Ouvre papa ! ouvre la porte !

Il m'a finalement fallu plusieurs jours pour décider d'une bijouterie qui me convienne, j'ai opté pour un établissement rue de Sèvres, là, une bijoutière à trois mentons m'a immédiatement souri lorsque j'ai poussé sa porte. Alors j'ai pris l'air du bourgeois dans une mauvaise passe, elle a jaugé la pièce que je lui apportais, m'a fait une offre que j'ai immédiatement acceptée. Je ne savais pas si j'en tirais un bon prix, mais ça n'avait aucune espèce d'importance. Et ainsi, mois après mois, dans des endroits et des arrondissements différents, j'écoulais le butin d'un vol commis par d'autres sept ans plus tôt, j'affrontais les regards accusateurs ou compatissants des commerçants, ils pensaient sûrement que je dépouillais ma femme ou bien que je bradais l'héritage, je m'en fichais, j'avais même appris à tourner les talons en leur faisant comprendre que j'en tirerais mieux ailleurs. Car au fond je n'étais pas pressé d'en finir. Une fois dans mon bureau, je faisais les additions, j'allais bientôt la rappeler, lui envoyer l'argent, pour elle, pour vous, dont je n'avais pas osé parler. Ma femme ne savait rien. Elle n'aurait pas compris, elle aurait pris peur, je ne sais ce qui l'aurait le plus effrayée, l'illégalité ou cette belle condamnée et son enfant dédoublant ma vie.

D'abord Helena n'a rien voulu entendre, elle a refusé l'argent, il avait l'odeur de la cendre, il effaçait définitivement ce qu'il restait du risque fou pris à deux, du baiser qu'il lui donna en la quittant et de la promesse qu'il fit de prendre le train avec elle. Elle a raccroché sèchement. J'ai laissé passer quelques jours et j'ai rappelé.

— Revoilà l'homme aux mains pleines !

C'était la troisième fois. J'étais ici dans mon bureau. Je faisais en sorte de ne pas parler trop fort.

— Vous n'êtes pas toute seule, Helena.

— Je ne veux pas de votre aide.

— Je voulais dire : vous ne vivez pas toute seule.

Il y eut alors un long silence, puis, comme à bout de souffle, comme s'il fallait conclure après avoir longuement parlé de vous, elle a dit :

— Elle serait mieux en pension.

Voilà. Les bijoux volés par vos parents vous auront finalement profité et c'est bien ainsi. J'ai choisi et payé cette pension dont vous m'avez parlé et je suis heureux de vous entendre dire aujourd'hui que vous y étiez bien. Au début de chaque année, j'envoyais un chèque à l'école, c'est ainsi que j'ai appris votre prénom, chère Angèle, Helena ne me l'avait pas dit.

Je n'ai jamais rappelé ensuite, jamais pris de vos nouvelles. Au mois de juin, je me demandais si vous passiez dans la classe supérieure, puis si vous partiez pendant les vacances, mais je ne cherchais pas à obtenir de réponses. Je pensais à vous, à elle. Quand venait septembre, j'envoyais un nouveau chèque, j'imaginais un grand dortoir pour filles, des escaliers de bois où s'usaient vos souliers, où résonnaient vos fous rires, une cour avec des arbres et des ombres. J'étais rassuré de vous savoir loin d'elle. Ça a duré six ans. Je restais à distance. Vous étiez mon secret, pas mon enfant.

Ce soir, pourtant, vos mèches dorées de petite fille transpirant sur l'oreiller se mêlent à celles d'Antonin, mon fils.

Il gardait les yeux grands ouverts tandis que vous descendiez loin sous les couvertures jusqu'à disparaître là où il n'y a plus d'air.

Il espérait ma clé dans la serrure, mon imperméable froissé sur ses draps, mes bras qui le soulèvent et l'emportent vers un nouveau voyage sur la mappemonde de mon bureau, tandis que vous craigniez que ne s'ouvre votre porte et qu'entre votre mère.

Tous les enfants luttent contre la nuit, ils sont seuls. Comment ai-je pu l'oublier ?

À douze ans, je me relevais après le dernier baiser de mes parents, Fais de beaux rêves, murmuraient-ils en refermant la porte. Je quittais mon lit, je m'allongeais par terre et j'essayais de trouver le sommeil malgré les lattes et les clous du plancher sous mes omoplates. Je voulais être aussi courageux que mon père.

J'étais le fils unique d'un résistant, un dynamiteur de rails planqué dans le maquis. J'étais trop jeune pour l'avoir suivi mais trop grand pour ne pas avoir remarqué et compris son absence. Il était de retour, la guerre était finie, il était sain et sauf et nous étions fiers. L'estime dont il était l'objet semblait nous protéger tous. Ses trois médailles au bout de leur ruban, encadrées dans le salon, faisaient plus pour notre bonheur que le crucifix et la longue agonie de Jésus au-dessus de la table autour de laquelle planaient ses exploits et revenait sans cesse le récit des premières semaines de son retour. Il n'aimait plus notre lit, disait ma mère, fière et triste à la fois. Le corps de mon père n'avait trouvé le repos que par terre, la douceur des draps, le confort d'un matelas, peut-être même les bras de sa femme, étaient pour lui synonymes de désertion.

Moi j'en ai passé des heures par terre à guetter le sommeil et le courage qui ne venaient pas. J'ai su bien avant d'être aveugle tout ce qu'on peut voir les yeux ouverts dans le noir. J'ai vu toutes les batailles que mon père ne me racontait pas et je m'en suis inventé d'autres pour les jours où je serais un homme.

Après minuit, je retournais sous mes draps, je m'endormais piteux et épuisé. Et quand au matin mon père plaquait sa grande main sur ma tête et me disait bonjour d'un, Ça va chef, bien dormi ? je rougissais, je n'étais pas un chef, je ne savais pas dormir par terre. Il me promettait sûrement par ce geste une enfance, une jeunesse plus légère que la sienne, mais je l'admirais trop pour comprendre, je rêvais d'être sa quatrième médaille. À l'école, j'étais loin de ce qui s'écrivait au tableau, j'avais du mal à tenir en place sur ma chaise, je courais vers d'autres exploits que je m'inventais. Et il continuait à m'appeler chef, sans voir mon brouillard et ma solitude. J'ai grandi ainsi, entre impuissance et toute-puissance, peut-être comme tous les garçons.

C'est en écrivant que je me suis calmé et c'est dans les prétoires que j'ai trouvé mon sujet. Il y a là plein de gens qui en l'espace de quelques minutes ont rompu la monotonie de leurs jours, ils me poursuivaient jusque dans ma vie, car écrire c'est ruminer, chercher, c'est avoir devant soi mille chemins, mille phrases possibles, c'est se perdre et j'étais perdu, je ne savais pas où aller, je n'étais pas sûr de ce que je disais, alors parfois je posais mon stylo, je marchais, je revenais à ma place, je tournais autour des mots comme on affûte une arme.

De ce temps-là, il ne me reste que la cigarette, les insomnies et les levers aux aurores avant même les éboueurs et leur haut-le-cœur étrangement silencieux. Il me reste Helena. Elle n'était pas l'un de ces innocents que la justice condamne et dont l'ombre plane sur les annales, elle était coupable, elle a dit, Oui, nous sommes entrés peu de temps avant la fermeture, alors que la bijoutière déposait le contenu de la vitrine sur de petits plateaux de velours noirs, moi d'abord, lui ensuite. Oui, nous avions cagoule sur la tête et foulard sur le visage, oui, nous avons exigé que le rideau de fer soit baissé, la caisse et le coffre ouverts ; Oui, l'homme avec moi s'est énervé, a violemment frappé le propriétaire qui résistait, tandis que d'une arme je menaçais son épouse ; Oui, nous avons paniqué, pris la fuite sans avoir ramassé tout ce qui était à prendre ; Oui, j'ai eu peur que ça tourne mal ; Oui, nous nous sommes séparés en croyant nous rejoindre…

Mais elle était l'innocence, il y avait en elle un défi enfantin, elle poursuivait envers et contre tout, elle se laissait glisser vers le fond avec le sentiment de l'abandon. Abandon, c'est le mot qui me vient, celui que l'on emploie pour raconter une femme dans les bras d'un homme, le moment où il entre en elle. Il était en elle.

Angèle, parfois les morts exigent qu'on leur rende justice.

Vous avez laissé l'article sur mon bureau, je ne sais si c'est volontaire, je constate simplement qu'il revient une seconde fois vers moi comme s'il réclamait d'être terminé.

Helena l'a terminé… Je ne vous parle pas de votre mère, pas même de la prévenue à la barre, non, je vous parle d'Helena, une jeune femme amoureuse que ni vous ni moi n'avons connue parce qu'elle était trop abattue pour continuer. Elle a disparu comme il avait disparu, elle s'est effacée derrière un personnage aussi triste qu'elle était gaie naguère, elle a fait comme le lézard qui prend la couleur du désert. Elle n'a plus jamais souri, elle a vécu recluse à l'intérieur d'un corps fragile aux yeux de feu, elle a fui la vie, cette grande machine qui vous coupe les ailes et les mains si vous rêvassez trop, elle a fui la consigne des bouches et des yeux résignés qui disaient, Tu es une mère maintenant…

Elle ne voulait pas se résoudre au sort de toutes les autres femmes : l'enfant. Elle préférait son désordre à cet ordre-là. C'était son choix, le seul qui lui restait, aimer encore. N'est pas totalement fou celui qui sait comment survivre.

— Elle ne m'aimait pas.

Angèle, chaque centimètre que vous preniez disait le temps qui passe, le silence qui dure et l'amant qui ne reviendra pas. Si elle vous avait ouvert les bras, c'eût été de force, sur les ruines d'un autre amour, beaucoup plus grand, beaucoup plus fou. Elle aurait versé sur vous son ressentiment, son amertume, elle vous aurait demandé l'impossible. L'amour maternel peut être dangereux, il est toute-puissance, elle le savait, elle était allée en prison, là-bas elle avait vu des femmes qui avaient aimé et tué leur enfant.

Angèle, chaque année qui passait vous rapprochait de la jeune fille marchant vers son premier amour qu'elle n'était plus. Alors elle est entrée dans votre chambre, munie de ciseaux, elle a arraché vos cheveux.

Angèle, en vous éloignant, en faisant de moi le trésorier de votre enfance, elle vous protégeait. Je ne sais si elle a connu d'autres hommes, ceux qui l'ont croisée ont dû tenter de la séduire. Mais quand on a aimé et qu'on aime encore, c'est l'oubli qu'on cherche auprès des inconnus, et elle ne voulait pas oublier. Elle était la prisonnière consentante d'un court moment de sa vie.

Angèle, connaissez-vous ce poème d'Éluard ? *Je suis né derrière une façade affreuse, J'ai mangé, j'ai ri, j'ai rêvé, j'ai eu honte, J'ai vécu comme une ombre, Et pourtant j'ai su chanter le soleil.* Il l'a écrit pendant la guerre, il doit être par là dans la bibliothèque, vous le prendrez la prochaine fois si vous voulez. Car vous reviendrez, n'est-ce pas ? Je sens venir les mots, ceux que je ne trouvais pas quand vous étiez là. Je veux vous parler encore d'Helena.

Angèle, elle nous laisse son nom, elle nous demande de lui faire savoir qu'elle est morte. Elle voudrait que nous mesurions la secousse de son cœur. Cherchons-le ! Il est forcément quelque part, encore vivant, je le suis bien, moi ! Vous m'avez demandé s'il l'aimait. Je ne sais pas. J'ai prononcé les mots dont il m'a chargé comme un robot, sans vraiment les comprendre.

Angèle, ne pensez pas à lui comme à un père. Vous êtes l'enfant du désordre, ça s'entend, vous ne parlez pas bien fort. Vous devez être floue même pour ceux qui vous voient. Pensez à lui comme à l'autre moitié d'Helena.

Angèle, laissez-moi consumer mes derniers jours, mois, peut-être années en hypothèses, même confuses. Où part-on quand on s'enfuit, sinon là où l'on rêvait d'aller ?

Angèle, je ne peux vous obliger à réviser vos souvenirs, mais vous ne changerez rien aux miens, à ce que je sais d'Helena. C'est la vie tout entière qu'elle haïssait en vous, pas vous.

New York. Village Voice.
Missed connections.

4 février 2008

Pardonne-moi.
Peut-être liras-tu ceci. Il est plus probable que tu ne le voies jamais. Dans tous les cas, pardonne-moi.
Je voulais que ça marche, mais je te l'ai dit, j'étais trop pour toi, et toi pas assez pour moi.
Que sera, sera…
19 ans, Le Queens

Connaissez-vous cet homme ?
Je cherche désespérément à retrouver un vieil ami. Quelqu'un a-t-il vu ou connaît-il cet homme sur la photo ? Savez-vous comment le contacter ? S'il vous plaît, aidez-moi. Nous nous sommes quittés en mauvais termes, et j'ai besoin de réparer cela avant que le regret ne me tue. Ma reconnaissance éternelle.
Mary
28 ans, Californie

Tony ???
Je cherche désespérément Tony. C'est mon dernier espoir de le retrouver. Tant de gens l'ont toujours rejeté, au début j'ai fait comme eux, je m'écartais devant sa pancarte, « Aidez-moi, j'ai faim, je suis un vieux soldat devenu clochard ». Un jour j'ai oublié sa chemise tachée d'excréments et son visage boueux, je n'ai vu que ses yeux bleus pleins d'humanité. Je lui ai donné deux dollars, il m'a souri et il m'a dit « Dieu vous protège ». Je n'en revenais pas qu'il me parle de Dieu. Et j'ai compris que c'était un lien auquel je ne pouvais pas échapper. Si quelqu'un a vu ce gars au coin de Main Street et de la 10e Rue, qu'il me contacte.
52 ans, Manhattan

Urgent : recherche Thomas Guitti
Helena est morte, Tom. J'ai porté votre message, je voudrais vous livrer le sien. Faites signe au 62, rue des Écoles. C'est important.
Valbon
76 ans, Paris (France)

Tara cherche Jett.
Je cherche mon ami perdu… Jett. Où que tu sois chéri, s'il te plaît, contacte-moi. Je t'aime et tu me manques tellement ! Le mot que tu as laissé sur ma porte m'a fait beaucoup pleurer.
41 ans, Arkansas

Nous marchons ensemble comme si nous l'avions toujours fait, sans craindre les silences, les grands mots, sans craindre de nous déplaire. Je dois avoir l'air d'être votre fille. Je me rappelle notre première promenade ici, il faisait froid et c'est vous qui m'entraîniez. Vous n'étiez pas sorti depuis des mois, un sourire flottait sur vos lèvres, vous meniez la danse, vous étiez heureux, vous aviez un plan.

— Disons-lui qu'Helena est morte, ne parlons pas encore de vous !

— Pourquoi répondrait-il ? Une morte ne réclame plus rien.

— Parce qu'il verra mon adresse, c'est lui qui l'a choisie.

Je vous laissais faire et parler. New York, vous trouviez ça logique. Moi, je ne sais rien de cette ville bruyante pressée par l'Histoire, ni de ce journal que, paraît-il, les musiciens lisent. Et je ne sais rien de la logique, je ne vois aucun rapport entre les mathématiques et la vie.

J'ai grandi loin des jardins symétriques, de ce Luxembourg où nous allons, où vous allez depuis toujours, où l'on pousse encore sur le bassin des voiliers que je vends dans mon magasin. On dirait que le temps et les drames contournent cet endroit, qu'ils vont s'acharner ailleurs.

J'ai grandi sur des terres qu'on retourne sans cesse, elles ne sont jamais assez belles pour la postérité, les murs ne sont que des brouillons, des transitions, ils foncent vers la décrépitude. Et ils foncent vers moi aujourd'hui, ils me rappellent d'où je viens, c'est loin de ces allées calmes peuplées de statues et bordées de feuillages taillés avec méthode, où nous marchons.

Je ne suis pas votre fille.

Je me souviens des trois rochers et des deux arbres plantés en bas de chez Mila, je m'y accrochais comme à des sommets fragiles. Je me souviens les marelles que nous tracions à la craie, comme des échelles vers le Paradis, nous les installions à l'abri de la pluie sous le porche de l'immeuble au pied d'un immense *Mort aux vaches* peint en lettres rouges sur le béton. Un jour, le graffiti fut effacé, recouvert d'une nouvelle couche de peinture par je ne sais quelle brigade de l'entretien ou de la voirie, et tout le monde avait fini par l'oublier. Pas moi. Je plissais parfois les yeux, le mur devenait flou et les lettres rouges revenaient sous la peinture.

— Pourquoi les vaches, Mila ?

— Ça veut dire la police.

— Pourquoi la police doit mourir ?

— Je ne sais pas, mon ange.

Quand elle soupirait comme ça, j'arrêtais mes questions.

Ma mère, alors, était rentrée et Mila lui en voulait davantage qu'à ceux qui l'avaient arrêtée. Mais jamais elle ne m'entraînait vers ses colères, elle les étouffait d'un sourire ou d'un soupir. Sa force, je crois, c'était de ne jamais reprocher aux autres ce qui lui arrivait. Elle était une danseuse qui n'avait pas assez dansé et qui se consolait en musique. Et lorsqu'elle évoquait un ailleurs inaccessible, elle n'allait ni vers les beaux quartiers ni vers les bruyants cabarets de son passé, elle parlait de la mer. C'est ce que j'ai vu de plus beau, disait-elle. Elle en avait peur, elle ne savait pas nager, une vague équivalait pour elle à une montagne. Je l'ai compris quand elle m'y a emmenée, c'était la Manche, il y avait du vent, il faisait froid, mais elle pouvait s'asseoir des heures à la regarder tandis que je ramassais des coquillages. Elle m'a raconté, ce jour-là, sa première fois sur le sable, ses quinze ans, des seins ronds et neufs qu'elle n'aimait pas, pas encore, son maillot de bain tricoté par sa mère qui lui faisait honte.

Qu'avons-nous fait, Victor, si ce n'est jeter une bouteille à la mer ? Elle croisera peut-être le maillot de bain en laine de Mila, un jour l'océan l'a emporté et n'en a fait qu'une bouchée. Mila et Helena se sont noyées l'une après l'autre, l'une comme l'autre, accrochées à leurs souvenirs. L'une dansait sur le buffet, l'autre souriait sur ma table de nuit. Les photos sont des aquariums, on y a capturé bien des petites filles…

Mon fils a appelé hier, c'est rare, surtout depuis que sa mère est morte. Pendant un instant, j'ai pensé lui parler de vous, de nos promenades, je sais que ça le soulagerait de me savoir encore en mouvement, mais ça m'a paru trop compliqué de lui expliquer qui vous êtes. Votre enfance mord sur la sienne. Alors je n'ai rien dit.

Je venais là souvent avec lui le samedi après-midi, je le hissais sur mes épaules, je nouais mes mains autour de ses chevilles et d'en haut il apprenait à regarder la ville, les gens, il me posait tout un tas de questions. J'aimais qu'il voie loin. Sans le savoir, je privais mes vieux jours d'un fils. Peut-être qu'à force de jouer avec la ligne de l'horizon, à force de prendre les planètes pour des toupies, je lui ai donné le goût des kilomètres. Il me manque. Il est parti telle une flèche voilà quinze ans et je voudrais avoir été son arc, oublier ce qu'il m'a dit.

— Tu n'as toujours pensé qu'à toi.

Il vit au Canada, il est dans les affaires, il ne se rappelle probablement pas les baleines blanches, les aventuriers, les chasseurs, les Indiens au bord du fleuve-qui-marche, tous ces personnages de carte postale que j'avais inventés pour ses voyages nocturnes. Les enfants sont ingrats et ils ont raison. Le monde braconne autour d'eux, Angèle. Aujourd'hui, on prétend qu'ils sont devenus rois, pauvres petits rois déjà pendus au téléphone ! On les a purement et simplement vendus aux marchands du temple ! Je ne vois plus, mais j'écoute ce qui se passe, j'entends encore…

— Tu n'as toujours pensé qu'à toi.

S'il marchait à mes côtés ici chaque semaine, il aurait probablement la calvitie précoce des héritiers, le peu de curiosité de ceux qui se sont installés dans les meubles et la morale de leurs parents, il trouverait le temps long avec le vieil aveugle et il regarderait sa montre en pensant que je ne le vois pas. Il est loin, il ne me traite pas comme un invalide mais comme un homme, c'est déjà ça.

Il y a longtemps maintenant que je suis vieux, j'ai l'habitude, j'ai regardé grandir mon âge dans le journal. D'abord j'ai été plus vieux que les champions de tennis, ensuite j'ai doublé les belles gueules du cinéma, un jour j'ai rattrapé les ministres, et maintenant je suis plus vieux que mon père. Il était mort à mon âge, enterré avec les honneurs et une haie de drapeaux tricolores qui claquaient au vent. Je mourrai donc plus tard que lui.

Plus tard que Madeleine aussi.

Bien des fois son médecin s'est assis à la même place que vous dans mon bureau, nous parlions de la tumeur dans le sein de Madeleine, de ce chemin qu'elle avait tracé dans son corps comme une armée conquérante, il n'était déjà plus question de l'extirper, il était question du temps qui restait. Antonin alors était revenu, c'est dans un jour comme celui-là qu'il a lâché ce qu'il avait sur le cœur.

— Tu n'as toujours pensé qu'à toi.

Il aurait sans doute trouvé normal que je parte en premier.

Elle ne quittait plus son lit, elle était creuse et pâle, et de plus en plus floue sur la photo de vacances. Ma femme heureuse et dorée avec un petit garçon dans les bras s'effaçait à cause de mes yeux, de la vie, à cause de la maladie que nous avions cru vaincue quatre ans plus tôt.

Angèle, j'ai une faveur à vous demander. Quand Madeleine est morte, j'ai retrouvé ses carnets dans le tiroir de son secrétaire. Elle tenait un journal, elle avait gardé cette habitude d'adolescente d'écrire des souvenirs, des anecdotes, des regrets, les choses toutes simples qui font la vie. J'ai tenté de lire un peu chaque jour, armé de ma loupe, j'ai déchiffré, syllabe après syllabe, c'était épuisant, il me fallait des heures pour quelques lignes. Le plus pénible, pourtant, n'était pas cela, mais ce que j'y découvrais, le silence d'une maison parfaitement tenue, suspendue au bruit de ma clé dans la serrure, les petits exploits d'un enfant qui, le soir venu, face à son assiette, sa serviette autour du cou, était comme le cintre dans l'entrée qui guettait mon pardessus chiffonné, il pensait déjà ou penserait bientôt, Tu n'as toujours pensé qu'à toi.

Ma vue a baissé si vite ces dernières années que ça m'est devenu impossible de poursuivre. Angèle, la prochaine fois ou celle d'après, pourriez-vous m'en lire un peu ?

Juste avant qu'on referme son cercueil, j'ai glissé dans la poche de Madeleine la première lettre d'amour que je lui avais envoyée, des lignes d'un romantisme échevelé que le temps rendait ridicules mais dont la mort saura quoi faire, que les premiers mots soient aussi les derniers. Dans cette lettre, ma flamme tournait à l'incendie, j'étais maladroit, j'écrivais comme on met son plus beau costume, je voulais épater Madeleine. Elle avait étudié, voyagé, hésité, déjà flirté, elle était de cette bourgeoisie naturellement légère, élégante et revenue de tout. Je n'étais pas de son monde.

Ce jardin où nous avons nos habitudes était le sien, pas le mien. Contrairement à ce que vous croyez, je n'ai pas usé mes premiers souliers sur ces graviers, ni fait de savantes études derrière les murs des universités qu'on aperçoit depuis mes fenêtres. Je viens d'une petite ville de l'Est, dont le nom ne vous dirait rien, j'ai quitté mes parents à dix-sept ans, je n'avais rien d'autre que le certificat d'études, je suis parti pour Nancy. Le journalisme était alors un repaire d'improvisateurs et la presse, tenue par les anciens réseaux de la résistance, j'y ai fait mes premières armes avec l'appui de mon père. J'ai commencé par raconter les kermesses, les accidents de la route, les ragots du canton, l'élection de la miss locale que par chez nous on appelle Mirabelle, puis j'ai pris du galon, suivi la vie des notables, leurs banquets, leurs nominations, leurs élections. C'est effrayant, les notables, ils vous assoient des heures à leur table et vous remplissent le ventre pour que vous deveniez aussi affamés, gros et repus qu'eux, ils font de vous leur miroir, ils flétrissent vos questions et vos chairs. Mais moi, j'étais trop jeune encore pour tomber dans le piège, je me foutais des remises de médailles, il y en avait déjà trois qui pendaient dans ma tête, je rêvais de fronts lointains et de combattants mordant la poussière jour et nuit, j'avais besoin d'éprouver mes limites. Je suis donc monté à Paris muni de quelques contacts. Là, je me suis vu confier un fait divers, puis un deuxième et encore un autre. Ça sentait la mort, elle était moins noble qu'au champ de bataille, elle ne s'encombrait pas d'idéaux, mais j'ai plongé dans cette machine molle et folle qu'est la justice, j'ai aimé ses habits noirs, ses policiers, ses juges, ses avocats, son menu fretin, ses grands criminels, ses témoins à charge, ses indics, ses délateurs, ses victimes.

J'ai rencontré Madeleine chez son père, un avocat talentueux qui me donnait quelques tuyaux. L'écouter parler était un spectacle, ce mélange rare de l'intelligence pure et du don oratoire. Un jour, il m'a reçu chez lui, il y avait de la sympathie entre nous, il m'a présenté sa fille. Elle portait, je m'en souviens très bien, une robe bleu pâle qui lui découvrait les épaules, elle était belle et j'ai fait en sorte de revenir plus souvent. C'est ainsi que j'ai fréquenté Madeleine. J'ai vite compris que les Parisiens des beaux quartiers ne connaissent que deux frontières, les portes de Paris et celles de leur appartement, qu'ils protègent ainsi leurs biens, leurs costumes, leurs codes et leurs certitudes, Madeleine n'était pas dupe de tout cela et elle riait de me voir incapable de briller en société. Je n'avais pas le don de l'éloquence, j'avalais mes mots, je marmonnais plus que je ne parlais, le retrait était la seule attitude possible pour moi.

Mais, chaque soir, je me couchais dans les draps de la bourgeoisie, par amour, par paresse, par ambition aussi peut-être. Et chaque matin je descendais à pied au Palais de justice, il se jouait là une guerre sourde et invisible contre le destin et j'allais d'un bon pas vers les vaincus.

Le jour où Tom a déposé le message et les bijoux sur la table de notre gardienne, j'ai senti le parfum de l'action entrer dans mon bureau, notre appartement, notre chambre à coucher aussi, j'y pensais en m'endormant et en me réveillant, je n'étais pas tranquille et pour la première fois je mentais à Madeleine. Le plus difficile à avouer n'était pas ce que je commettais d'illégal mais le sentiment de jouissance et de puissance que ça me procurait. Ce que j'ai fait pour Helena, je l'ai fait aussi pour moi.

Si aujourd'hui la vie, après m'avoir ôté mon fils, mes yeux, ma femme, me prête quelques années supplémentaires, je crois que c'est pour vous, Angèle. Je sais vos fantômes, je devine votre boutique par-delà le périphérique et parmi les antiquaires, votre chauffage d'appoint, les jouets aux yeux fixes et vernis qui vous cernent, votre voiture avec un grand coffre pour faire des kilomètres, vider des greniers et charger vos trouvailles, votre vie sans famille ni d'avant ni d'après, pas de parents, pas d'enfants, pas de mari, ce Ferdinand dont vous me parlez parfois et qui doit être amoureux de vous. Vous êtes sûrement de ces femmes d'aujourd'hui qui savent ce qu'elles ne veulent pas mais pas forcément ce qu'elles veulent, mais vous êtes surtout de ces enfants qui ont dû réfléchir très tôt à ce qu'ils voyaient et entendaient.

Je vous ai vue courir derrière elle, le nez à hauteur de ses cuisses qui marchaient en ayant l'air de fuir. Comment vous dire, Angèle ? Je n'ai jamais oublié cette image. Depuis que nous nous voyons, c'est comme si je vous avais toujours connue et ne faisais que vous retrouver.

New York. Village Voice.
Missed connections.

24 avril 2008

Urgent : recherche Thomas Guitti
Helena est morte, Tom. J'ai porté votre message, je voudrais vous livrer le sien. Faites signe au 62, rue des Écoles. C'est important.
Valbon
76 ans, Paris (France)

Tara cherche Jett.
Je cherche mon ami perdu… Jett. Où que tu sois chéri, s'il te plaît, contacte-moi. Je t'aime et tu me manques tellement ! Le mot que tu as laissé sur ma porte m'a fait beaucoup pleurer.
41 ans, Arkansas

Train A en direction du nord. 168e Rue.
Je tenais un livre et j'avais du mal à garder mon équilibre. Vous étiez tout contre la porte, vous lisiez la photocopie d'un article. Nos yeux se sont croisés deux fois, et chaque fois on s'est vaguement souri. Vous étiez très belle, une femme très séduisante, votre peau était magnifique, vous aviez les cheveux courts et des lunettes. Vos sourires étaient-ils de l'intérêt, de la curiosité, de l'amusement face à ma maladresse, ou juste un effet de mon imagination ? J'aurais voulu que l'un d'entre nous parle.
Vous êtes descendue à la 181e Rue. Si vous voyez ce message et si je ne me suis pas trompé sur vous, s'il vous plaît, répondez-moi. Je vous cherche désormais et peut-être que je serai assez courageux pour dire quelque chose.
45 ans, Manhattan

Shannon… Au revoir.
Au revoir, pardonne-moi, je suis trop lent, vraiment trop lent. Prends soin de toi.
31 ans, Bronx

L'annonce ne donne rien, Victor, et je sens votre main au creux de mon coude qui s'accroche un peu plus chaque jour que nous marchons. Si la vie était bien faite, je viendrais chez vous avec la valise pleine d'yeux que j'ai récupérée il y a trois jours en salle des ventes. Il y a de tout, acrylique ou verre soufflé, ronds ou ovales, bleus ou marron, huit, dix ou vingt-quatre millimètres. Qu'est-ce qui vous ferait plaisir ?

À vrai dire, ils me dégoûtent, ces regards vides alignés sur le velours noir, j'ai l'impression qu'ils me jugent, qu'ils ricanent, On t'avait prévenue, qu'ils savent tout de moi, des poupées qu'il y eut dans mes bras, des rêves qu'il y eut dans ma tête et qu'ils rient de me voir loin de ce que j'avais imaginé. Mais je n'avais rien imaginé, sauf qu'Helena allait arriver. Au-delà, je n'avais pas pensé. Ferdinand dit parfois en entrant dans ma boutique que j'ai l'air d'une jeune fille dans sa chambre, peut-être, je ne suis pas mariée, je n'ai pas d'enfants, j'ai aimé et je ne l'ai pas toujours dit, ne rien dire, c'est plus simple. Si les caractères et les cœurs pouvaient en partie s'échanger, j'accueillerais volontiers en moi un peu d'audace mais il n'y a que les objets qui se réparent, que les poupées qui recouvrent la vue, Victor. On n'entretient bien que les mirages.

Hier, j'ai perdu la voiture, la japonaise au numéro 9. À six cents euros, j'avais espoir de la garder encore un peu, mais rien n'arrête les collectionneurs, pour eux la plus belle pièce, c'est celle qu'ils n'ont pas. L'homme n'a même pas cherché à négocier. Il avait de très grandes mains soignées, des doigts fins et blancs de tête pensante, la voiture paraissait toute petite à l'intérieur. Il l'a caressée longtemps, il m'a dit en posséder beaucoup, il pouvait les énumérer toutes, comme les pays qu'il avait traversés, comme ses galons, ses certitudes. Il était fils de diplomate et diplomate lui-même, ses phrases commençaient par, Je me souviens, il m'a fait l'effet d'un papillon mondain et savant. En voyant l'inscription « *Made in occupied Japan* », qu'il a lue d'un accent parfait, il a dit, ou plutôt il a décrété : Pays à la mémoire contrariée. Et il m'a fait la liste des peuples à la fois bourreaux et victimes de l'histoire, j'aurais aimé que vous soyez là, vous auriez su quoi répondre. Moi je l'écoutais à peine, je me méfie des premiers de la classe et surtout, je n'avais pas envie de me séparer de la voiture. Il a fait un chèque tout en continuant sa démonstration. J'en ai profité pour lui reprendre la numéro 9 et la glisser dans son emballage. La boîte aussi était d'origine, confectionnée par des petites mains japonaises sous la surveillance de soldats américains qui ne se doutaient pas qu'un jour sonnerait la revanche et que des miniatures japonaises entreraient dans la tête de leurs enfants. J'aurais bien gravé mes regrets éternels sur la boîte. Quatre mois qu'elle était là sur l'étagère.

Et tout autant que ma mère est morte.

Elle erre maintenant au purgatoire d'un journal américain. Elle n'est plus qu'une phrase, un dernier appel entre deux pubs qui jurent qu'il suffit d'une nouvelle voiture pour être heureux. Elle n'est plus qu'un cadavre ambulant qui pue le reproche, parmi une foule de gens seuls jamais remis d'un regard, d'une voix, d'un frôlement, d'une nuit d'il y a trente ans ou d'un sourire d'avant-hier. Il y a sûrement dans les trains de New York des gens pressés qui prennent le temps de vérifier que le message venu de Paris est encore là. Ils ne savent plus très bien quand Tom et Helena leur sont apparus, la passion est pour eux un frisson lointain de l'adolescence, mais ils surveillent au cas où ça bouge encore. Ils ne connaîtront pourtant jamais la fin de l'histoire. Un jour, le message n'y sera plus.

Peut-être nous sommes-nous trompés, Victor. Mila parlait de l'Amérique, de la musique mais c'étaient ses rêves à elle. Peut-être est-il mort maintenant, peut-être s'est-il construit une tout autre vie posée comme une chape sur ce qui est arrivé, peut-être a-t-il mis son saxophone au clou pour quelques billets il y a longtemps, il aura gardé des années son ticket mais sans jamais pouvoir récupérer son instrument chez le prêteur sur gages. Peut-être n'est-il qu'un clochard qui glisse les journaux sous sa chemise pour avoir chaud mais sans jamais les lire.

Vous ne dites rien quand j'envisage le pire. Vous faites comme si vous n'aviez pas entendu. Vous êtes obstiné, vous mélangez tout, les désirs et les regrets. Normalement le temps se charge d'y mettre bon ordre, mais vous résistez et vous surveillez le tic-tac de votre montre comme votre propre cœur. Vous la remontez chaque matin, c'est inutile pourtant, l'aiguille est trop fine et les chiffres invisibles pour vous. Mais c'est une belle montre…

Je l'aime, cette montre. Je l'ai achetée en 1973 aux ouvriers qui l'avaient fabriquée, ils étaient en grève, ils occupaient leur usine et se faisaient appeler comme elle, les Lip, parce qu'ils étaient des petits bouts d'elle. Leur histoire, tout le monde a préféré l'oublier aujourd'hui, vous n'en avez sans doute jamais entendu parler, mais elle fit grand bruit à l'époque, la France vibrait pour eux et il était de bon ton de commander sa montre pour marquer sa solidarité.

Est-ce parce que ça se passait dans les vallées franc-comtoises de mon enfance, parmi des hommes qui avaient joué comme moi enfant dans les champs et les greniers où les casques et les fusils de nos grands-pères et de nos pères prenaient la poussière ? Est-ce parce que des bijoux volés dormaient dans mon tiroir, parce que des perles précieuses et des montres arrêtées me commandaient d'agir ? J'ai en tout cas demandé à suivre le mouvement pour mon journal. C'était l'été, il n'y avait pas grand-chose à faire au Palais et j'allais de toute façon dans la région chez mes parents avec ma femme et mon fils.

Tout avait commencé par la découverte d'un document secret, un plan de licenciement se préparait. L'occupation fut décidée sur-le-champ et, la nuit même, le stock de montres fut caché dans les fermes et les granges des environs. Ces ouvriers de l'horlogerie étaient souvent des fils ou des petits-fils de paysans, ils retournaient là d'où ils venaient pour y déposer ce qu'ils avaient fabriqué. C'était leur trésor de guerre.

Dès le lendemain, ils rallumèrent la chaîne. Ils avaient un slogan, On fabrique, on vend, on se paie. La vente sauvage de leur butin permettait de se payer pendant le conflit.

J'ai passé trois semaines sur place. J'aimais quand la nuit tombait sur l'usine occupée, j'aimais l'odeur des foins rentrés où les ouvriers cachaient les montres, j'aimais leurs mains qui s'agitaient quand ils parlaient et leurs yeux qui savaient que tout était foutu. Je ne racontais pas tout dans mes reportages, je respectais les secrets que l'on voulait bien me confier, je n'étais pas des leurs, mais j'étais avec eux, je délaissais un moment les condamnés pour les révoltés, j'ai sans doute cru qu'ils étaient différents, ils ne le sont pas. J'étais là quand, au bout de quelques semaines, les CRS sont arrivés. Les ouvriers étaient en ville, ils manifestaient comme chaque jour. L'usine fut vidée, ceinturée de barbelés, gardée jour et nuit. Bientôt l'automne s'est montré. J'étais de retour à Paris, au Palais, et j'écoulais les bijoux en cachette.

Cette montre me vient de cet été-là, elle m'a été remise dans une pochette plastique flanquée d'une étiquette indiquant le prix par le trésorier des grévistes, Raymond il s'appelait, il était d'une grande discrétion, il en fallait pour tenir les comptes du détournement de plusieurs dizaines de milliers de montres. Il m'a dit exactement comme vous, C'est une belle montre.

Je vous la donne, Angèle, elle est pour vous. Elle est lourde, elle demande qu'on pense à elle chaque matin, elle s'arrête si vous l'oubliez plus d'un jour, autant dire qu'elle n'est plus dans le coup. Mais elle dit plus que l'heure, elle dit l'illusion et la désillusion, c'est une façon de voir passer le temps…

Quatre mois déjà, je le sais. J'ai versé quelques dollars supplémentaires pour que l'annonce paraisse encore dans les trois prochains mois. Si rien n'est arrivé d'ici là, nous verrons bien…

New York. Village Voice.
Missed connections.

16 juin 2008

Cherche Mary Joan Scott (son nom de jeune fille). Mary a répondu à l'une de mes annonces dans le *Voice* de février 1980. Nous avons correspondu et parlé au téléphone tout le mois de mai de cette année-là. J'ai arrêté parce que j'allais me marier. Mais maintenant, j'aimerais reprendre contact avec elle, trouver son e-mail.
Ce serait surprenant qu'elle voie cette annonce, je l'ai voulue là parce que c'est dans le *Voice* que tout a commencé. Peut-être que quelqu'un qui la connaît verra ce message et me contactera. Elle a grandi à Brooklyn.
Andy
51 ans, New Jersey

Urgent : recherche Thomas Guitti
Helena est morte, Tom. J'ai porté votre message, je voudrais vous livrer le sien. Faites signe au 62, rue des Écoles. C'est important.
Valbon
76 ans, Paris (France)

Tony ???
Je cherche désespérément Tony. C'est mon dernier espoir de le retrouver. Tant de gens l'ont toujours rejeté, au début j'ai fait comme eux, je m'écartais devant sa pancarte, « Aidez-moi, j'ai faim, je suis un vieux soldat devenu clochard ». Un jour j'ai oublié sa chemise tachée d'excréments et son visage

boueux, je n'ai vu que ses yeux bleus pleins d'humanité. Je lui ai donné deux dollars, il m'a souri et il m'a dit « Dieu vous protège ». Je n'en revenais pas qu'il me parle de Dieu. Et j'ai compris que c'était un lien auquel je ne pouvais pas échapper. Si quelqu'un a vu ce gars au coin de Main Street et de la 10e Rue, qu'il me contacte.
52 ans, Manhattan

L'été 1977, tu te prenais pour Adriano Celentano... On travaillait chez Max, on écrivait des chansons stupides et on traînait dehors toute la nuit. Une fois, chez toi, tu as démoli l'abat-jour en plastique d'une lampe et tu as peint dessus un portrait de moi. Il est toujours accroché à mon mur.
Manhattan

Recherche la femme qui m'a souri au *French Roast*
Mercredi après-midi, aux environs de 4 heures, j'étais assis à l'intérieur et vous à l'extérieur, nos regards se sont croisés et vous m'avez souri. Vous portiez une jupe blanche et une veste noire. J'ai souri et me suis retourné. Nos yeux se sont croisés plusieurs fois. Plusieurs fois nous nous sommes regardés et nous nous sommes souri. Vous êtes partie trop tôt. J'aimerais vous connaître.
65 ans, Brooklyn

Son numéro d'écrou était le 62345. Elle était cellule 26, puis dans la 11. J'ai suivi vos conseils. J'ai vu son dossier. Ça n'a pas été simple de le retrouver. J'ai d'abord appelé les archives de la pénitentiaire. Là, une jeune femme m'a répondu :

— Roquette, vous dites ? C'était celle de la rue du Cherche-Midi ?

— Non, celle-là s'appelait le Cherche-Midi.

— Excusez-moi, je viens d'arriver.

Vous êtes tout excusée, c'était il y a un siècle et tout le monde a oublié, là-bas des gens marchent et des enfants courent sans savoir.

Elle m'a finalement envoyée aux Archives de Paris, boulevard Serrurier, un immeuble moderne, blanc, lumineux, qui cache bien son jeu, ses secrets, sa poussière et ses dossiers périmés, des pages et des pages venues des tribunaux, des prisons, de l'état civil, il y a aussi les registres de catholicité, les listes électorales, les déclarations et les tables des décès, les listes de recensement et de recrutement militaires. J'ai vu des gens penchés sur des papiers jaunes qui promenaient leur index sur des registres et prenaient des notes, ils cherchaient quelqu'un, sûrement une vie petite comme un pion que l'Église sermonnait le dimanche et que la République envoya jeune sur le front.

J'étais la seule à fouiller les prisons. Elles sont toutes là, rasées ou encore debout, prison de Bicêtre, prison du Cherche-Midi, Conciergerie, dépôt de la préfecture de police, prison de la Force, prison des Madelonnettes, prison de Mazas, prison de la Grande Roquette, prison de la Petite Roquette, prison de Saint-Lazare, prison de Sainte-Pélagie, prison de la Santé. Elles peuvent s'apprendre par cœur comme les châteaux de la Loire.

Puis j'ai rempli une demande de dérogation parce que le délai de communication des documents est de soixante ans. C'est automatiquement accordé pour la famille. À la ligne lien de parenté, j'ai donc écrit : *sa fille.* J'avais l'impression que ça sonnait faux, que c'était trop simple, j'avais envie d'expliquer, Comprenez-moi bien, celle qui est arrivée ne pouvait être Helena, je cherche le dossier d'Helena, ma mère d'il y a quarante ans, ma mère d'avant moi, elle était amoureuse, elle avait volé des bijoux.

— Le dossier sera là à partir de lundi.

Je l'ai imaginé monté sur pattes le dossier, il rappliquait en courant et en secouant sa poussière, ravi comme un objet trop longtemps remisé à la consigne.

Je suis donc revenue le lundi. Il était là. Juste à côté de chez elle, de l'autre côté du boulevard des Maréchaux, porte des Lilas.

Mais quels lilas ? Ils fleurissent ailleurs et c'est en ce moment. Juin. Je n'aime pas ce mois-là, ça vient d'il y a longtemps, lorsque j'étais en pension. Juin annonçait les grandes vacances, le ménage puis le vide du dortoir. Je retournais chez ma mère, j'avais peur.

Le dossier en main, je me suis assise à une table de bois clair. J'ai soulevé lentement la couverture grise qui avait sans doute été bleue.

J'ai reconnu la photo du journal prise par la police. J'ai vu des formulaires pleins de vieux tampons, de grades, de cases, de mots compliqués. Ordonnance de mise en détention préventive. Avis d'écrou. Mandat de dépôt. J'ai vu ma naissance, elle tient en quelques lignes tracées d'une écriture de bonne sœur, pleine de pleins et déliés. « 16 novembre 1967. À 19 h 20, des coups contre la porte de la cellule 26. Une détenue appelle au secours, dit que sa codétenue va mal. La surveillante prévient la première surveillante. 20 h 15, Danec transportée sur une civière à l'infirmerie, elle est en plein travail. 20 h 45, naissance d'une petite fille. Premier cri une minute après. 22 h 30, transfert à l'hôpital Saint-Antoine. »

Visiblement le médecin n'a pas eu le temps d'arriver. Le lendemain, il ajoute : « Grossesse non décelée. Cécité psychique. »

Puis rien. Le retour d'Helena en cellule. La 11. La poussière du dossier. Les mots de l'administration. J'ai tourné les pages, fui les contractions, ma naissance, mon premier cri, peut-être le seul que j'ai jamais poussé, pourquoi une heure entre les coups et l'ouverture de la porte ? Il y en eut peut-être plus. J'ai remonté le temps vers Helena.

« Le 29 juin 1967 ; nous, Guy Parrot, lieutenant de police, faisons comparaître devant nous Helena Danec née le 20-02-1945, demeurant à Saint-Michel-sur-Orge. Gardée à vue dans les locaux prévus à cet effet depuis le 27 juin.

« Lui notifions qu'il est mis fin à sa garde à vue à l'heure figurant au bas du présent et conformément aux instructions de Monsieur le procureur de la République, elle est conduite devant ce magistrat.

« Lui rappelons qu'elle a été entendue le 27 juin de 11 h 20 à 13 heures et le 28 juin de 9 heures à 10 h 30.

« Elle a été laissée au repos le reste du temps.

« Elle a refusé de s'alimenter le 27 juin. S'est alimentée le 28 juin à 7 heures.

« Dès le début de sa garde à vue, Danec Helena a été informée de ses droits.

« Il lui est rappelé que, à sa demande, nous avons avisé Madame Danec Émiliana, sa mère, le 28 juin à 11 h 30.

« Elle n'a pas souhaité s'entretenir avec un avocat. »

Elle était là tout près, devant un bureau, un lieutenant, il avait l'air poli avec elle, mais les dossiers ne gardent que ce qui est officiel. Je tournais les pages de plus en plus vite. Je voulais un mot d'elle, un seul mot d'elle, quelque chose qu'elle ne m'ait jamais dit… Et puis soudain, elle a parlé.

« Je me nomme Danec Helena.

« Je suis née le 20-02-1945 à Paris.

« Je suis fille de Émiliana Danec et de père inconnu.

« Je suis de nationalité française.

« Je suis sans profession. »

« Sur les faits.

« Question : Confirmez-vous les déclarations faites hier ?

« Réponse : Oui, je les confirme.

« Question : Vous refusez toujours de nous dire le nom de votre complice ?

« Réponse : Oui, je refuse.

« Question : Est-ce lui qui a eu l'idée de ce braquage et qui vous a entraînée ?

« Réponse : Nous étions deux.

« Question : C'est lui qui vous a demandé de le faire ?

« Réponse : Non.

« Question : À qui appartenait cette arme ?

« Réponse : Pas à moi.

« Question : À qui alors ?

« Réponse : Je ne sais pas.

« Question : Qui a frappé le patron de la bijouterie ?

« Réponse : Ce n'est pas moi.

« Question : C'est lui alors ?

« Pas de réponse.

« Question : C'est lui ?

« Réponse : Oui.

« Question : Vous réalisez qu'en le protégeant vous aggravez votre cas et encourez une peine plus grave encore ?

« Réponse : Oui.

« Question : À quelle heure vous êtes-vous levée le jour des faits ?

« Réponse : À 7 h 30.

« Question : Votre complice était-il avec vous ?

« Réponse : Non.

« Question : Vous avez une liaison avec cet homme ?

« Réponse : Nous nous aimons.

« Question : Vous le connaissiez depuis longtemps ?

« Réponse : Je ne répondrai pas.

« Question : À quelle heure l'avez-vous retrouvé le jour du vol ?

« Réponse : à 18 heures.

« Question : Où ?
« Réponse : À deux cents mètres de la bijouterie.
« Question : Vous nous confirmez être entrée la première dans la bijouterie ?
« Réponse : Oui.
« Question : Concernant le butin dérobé, vous maintenez qu'il est en possession de votre complice ?
« Réponse : Oui.
« Question : Avez-vous d'autres déclarations à faire ?
« Réponse : Non.
« Après lecture faite personnellement, Mlle Danec Helena persiste et signe avec nous le présent à 10 h 30. »

Suivent deux signatures, celle du policier et celle d'Helena.

J'ai laissé le dossier sur la table. J'ai descendu l'escalier à toute vitesse, j'ai passé la porte vitrée, j'ai couru, et sur le trottoir j'ai vomi…

« Cécité », ils ont dit, comme pour moi.

J'ai rêvé d'elle cette nuit. Elle marchait. Elle portait la même veste de laine bleu marine que le jour de notre rendez-vous, elle marchait vers vous, mais elle ne vous voyait pas. Il y avait un grand escalier à descendre, vous étiez juste en bas à l'attendre, les escaliers c'est le pire quand vous perdez la vue, le vertige vous prend au bord d'une marche de vingt centimètres. Helena avait le vertige. J'étais Helena. Helena avait le vent dans les cheveux. Peut-être était-ce à New York. Je n'y suis allé que deux fois et c'était il y a bien longtemps, mais je me rappelle l'air du large, il est là-bas plus fort que la frénésie des moteurs, des sirènes, des néons et des gens, il nettoie tout, il entretient la promesse que fait cette ville plantée au bord de l'eau et du continent, elle semble toujours au bord de quelque chose, elle vous met au bord de quelque chose, d'une vie nouvelle, d'une rencontre, elle est peut-être sur le point de parler…

Là-bas, les journaux sont dans des boîtes posées au croisement de deux rues, notre message est là, il va de main en main, de banc en banc, minuscule bien sûr derrière les gros titres, il est question en ce moment d'une révolution là-bas, d'un homme noir en grand chef du pays et des armées, j'aimerais voir ça avant de mourir. Je devine votre sourire quand je parle ainsi, j'ai l'air naïf, que voulez-vous ? Je suis d'une génération qui lisait les journaux comme d'autres faisaient leur prière, par devoir. Un journal est une prière.

New York. Village Voice.
Missed connections.

13 juillet 2008

Moi vanille, vous chocolat au lait.
Vous êtes descendu à la 34e Rue après m'avoir offert un regard et un sourire qui m'ont mis en transe.
Vous vous rappelez les enfants ?
Manhattan

Tony ???
Je cherche désespérément Tony. C'est mon dernier espoir de le retrouver. Tant de gens l'ont toujours rejeté, au début j'ai fait comme eux, je m'écartais devant sa pancarte, « Aidez-moi, j'ai faim, je suis un vieux soldat devenu clochard ». Un jour j'ai oublié sa chemise tachée d'excréments et son visage boueux, je n'ai vu que ses yeux bleus pleins d'humanité. Je lui ai donné deux dollars, il m'a souri et il m'a dit « Dieu vous protège ». Je n'en revenais pas qu'il me parle de Dieu. Et j'ai compris que c'était un lien auquel je ne pouvais pas échapper. Si quelqu'un a vu ce gars au coin de Main Street et de la 10e Rue, qu'il me contacte.
52 ans, Manhattan

Sais-tu que je pense encore à toi ?
L'autre jour, je me suis revu frappant à ta porte et te disant que j'avais envie de toi. Je me souviens que tu m'avais pris dans tes bras et que tu m'avais embrassé. J'aimerais me rappeler davantage, peut-être qu'ainsi je penserais moins à toi. Je m'interroge sur cette nuit. J'avais vraiment trop bu, je crois t'avoir dit mon plus grand fantasme mais j'ai tout oublié de ce qui s'est passé ensuite. Le lendemain, je suis parti sans rien dire à notre boss et aux gens avec qui nous travaillions. Ils ont pensé que j'avais dormi avec Brian. Drôle, non ?
Penses-tu encore à moi ? J'aimerais t'appeler mais j'ai peur que tu te sentes mal à l'aise. Si par chance tu lis ceci, et, si par chance tu penses encore à moi, envoie-moi un e-mail et dis-moi. Finalement je n'ai pas déménagé au Texas.
27 ans, Queens

Urgent : recherche Thomas Guitti
Helena est morte, Tom. J'ai porté votre message, je voudrais vous livrer le sien. Faites signe au 62, rue des Écoles. C'est important.
Valbon
76 ans, Paris (France)

Angèle ! Quelque chose est arrivée au courrier ce matin. La gardienne m'a dit qu'une lettre venait des États-Unis, j'étais trop impatient, je lui ai demandé de l'ouvrir et de me la lire. Ce n'était pas une lettre, mais le programme musical d'une église de New York. Il est vieux de trois semaines. Il dit que là-bas, après trois messes, le dimanche à 17 heures, il y a des vêpres jazz.

La première fois que je l'ai vue, c'était dans un bar, je jouais là avec un pianiste des ballades à la mode, c'était plein de jolies filles qui te souriaient et laissaient du rouge à lèvres sur les filtres de leur cigarette. Elle portait un chemisier blanc légèrement transparent sur un soutien-gorge noir. Ses yeux aussi étaient noirs. Elle les plantait dans les tiens et à toi de te démerder avec. Elle ne minaudait pas, elle n'avait pas ces battements de cils qui font des filles des papillons vite attrapés. Son visage pâle était comme une éclipse parmi la foule et la fumée.

J'avais vingt-deux ans, la musique venait de me mettre au monde, tu vois de quoi je parle, Trane, ce moment où on se voit naître une seconde fois, sortir de nous-mêmes, on joue pas encore très bien mais on s'en fout, c'est brut, ça sonne, ça vient de nous, on se croit tiré d'affaire parce qu'on attendait que la vie commence, on savait pas quoi dire ni quoi faire, et un jour c'est là, ça ne fait plus mal aux lèvres, au ventre, aux doigts, ça fait du bien, on n'a plus besoin des mots pour être entendu, on comprend et on parle à travers la musique.

Je parle quand je joue. Je te parle, ça fait longtemps que je te parle, Trane. Helena est morte. Je l'ai appris hier.

J'y crois pas à ton bon Dieu, mais je l'aime bien cette église sur Lexington, surtout à l'heure du jazz. Y a pas de fausses notes dans le jazz, pas de fausses routes. Il te laisse aussi libre que le poète et le fou.

Quand je joue, je ne suis plus celui qui fuit, je suis celui qui joue, j'ai l'impression d'être innocent, même si je ne suis pas innocent.

Helena est morte.

Écoute ! écoute la voix de Roberta qui prend le large ! ses gros seins se redressent comme deux énormes ballons pleins d'air et de musique ! Tu l'aurais vue arriver tout à l'heure, voûtée sur son déambulateur, elle est vieille et pleine de chagrin, elle n'a pas laissé qu'un fils au Vietnam, elle en a laissé deux, mais elle n'en parle pas.

Quand on arrive, nous autres, on ressemble à une fanfare sortie de l'hospice. Art dans son costume noir et sans sa contrebasse, il a juste l'air d'aller à un enterrement, le sien peut-être, Jeff sans baguettes, cymbales, tambour et caisse claire, c'est qu'une putain de hanche qu'avance pas et Jesse une bouche mitée qui a fini par ressembler à son clavier. Et puis, il suffit qu'on se retrouve, qu'on s'accorde, qu'on fasse quelques réglages, il suffit d'une légère impulsion pour qu'on se sente bien, en sécurité. C'est les cieux ta musique, Trane ! y a rien au-dessus. On joue comme si notre vie en dépendait. On va pas se contenter d'attendre que la mort nous chope.

— Helena est morte, Tom.

C'est écrit comme ça dans le journal. C'est écrit pour moi. Helena est morte.

Elle est revenue plusieurs fois dans le bar, moi je jouais là le samedi. Un soir, je me suis décidé, je me suis approché d'elle et j'ai sorti une formule toute faite que j'avais volée à mon père.

— Méfiez-vous des chansons d'amour, c'est de la propagande gouvernementale !

— Alors vous travaillez pour le gouvernement ?

— Service secret, j'ai répondu.

Ça a commencé comme ça, par un jeu, par une phrase qui n'était pas de moi, un t'emballe pas chérie à la sauce syndicale de mon père, une rengaine d'hommes endurcis qui se plaignent que les histoires d'amour finissent généralement par un mariage, des gosses, un sale boulot à l'usine et des impôts dans la poche du gouvernement. Il disait souvent ça mon père, paraît-il. Il était de ces hommes mariés tôt qui font mine de ne rien avoir oublié de toutes les vies, de toutes les femmes qu'ils n'ont pas eues, et qui jamais n'avoueront la faiblesse qu'ils ont eue d'aimer.

Elle avouait tout, Helena. Elle restait accrochée toute la nuit, souple sans lourdeur, enlacée à moi telle une belle plante grimpante. C'est rare, souvent on s'aime et puis le sommeil nous repousse au bord du lit, comme si l'angoisse nous reprenait et nous remettait à notre place. Pas avec elle. Elle faisait l'amour comme si c'était la première ou la dernière fois et elle soupirait encore de plaisir bien après s'être endormie.

La première fois, c'était chez moi, je l'avais entraînée dans ma piaule, ou c'était elle qui nous y avait poussés. Le bar fermait. On y va ? elle avait dit. Où, je ne savais pas. J'avais tendu le bras vers le nord.

— J'habite par là.

— Moi j'habite loin, alors allons par là.

Par là, c'était chez moi. Elle n'avait pas froid aux yeux. Je ne l'avais même pas embrassée. Je l'entends encore me dire dans l'escalier de l'immeuble, Je te suis. J'avais ri parce qu'elle marchait devant moi.

Elle était née des galipettes d'une danseuse et d'un inconnu passé dans les coulisses un soir de fête. Elle redoutait l'illusion de la musique. Mais ça, je ne l'ai compris qu'après.

— Helena est morte, Tom.

Je ne sais pas comment c'est un mort, je n'en ai jamais vu, je veux dire un mort qui compte vraiment. Mourir pour moi c'est disparaître et laisser les autres tristes avec une boule dans la gorge.

Je n'ai pas vu le corps de mon père.

J'avais sept ans quand Jean a sonné à la porte de chez nous, avec les yeux rouges et son bonnet dans les mains. Il n'a rien eu besoin de dire, ma mère a hurlé comme s'il était arrivé ce qui devait arriver et moi je ne comprenais pas ce qui s'était passé. Jean aurait dû être à l'usine avec mon père qui ne rentrait que vers 6 heures et commençait par se laver, parce qu'il avait la peau sale et odorante. À moi, sa peau, elle me donnait l'impression qu'il était fort, plus fort que la machine.

Je ne savais pas qu'il n'était qu'un outil posé trop près du bord. Mon père était tombé dans le bassin en fusion de l'usine. On a vu défiler à la maison les grimaces des envoyés du patron, quand ils ont sorti une enveloppe de leur poche, ma mère a craché dessus. Elle ne voulait pas de leur argent, elle savait que c'étaient les rebelles, les syndicalistes qu'on postait au bord du bassin. Elle voulait juste tenir la main de mon père une dernière fois, caresser ses cheveux une dernière fois, poser sa tête sur son torse une dernière fois, ses lèvres sur les siennes une dernière fois, mais c'était impossible, l'acide de l'usine l'avait dévoré.

Pendant des mois ensuite, elle n'a plus voulu dormir dans son lit, elle s'effondrait de fatigue à l'aube, je la retrouvais échouée sur une chaise, la tête posée sur ses bras et ses bras sur la table. Je ne la réveillais pas, je me préparais seul pour l'école, je buvais un chocolat froid, parfois rien. Il y avait des photos de lui partout, surtout des photos de lui et moi. J'avais l'impression que le môme minuscule dans ses bras était mort, lui aussi.

Bien sûr, avec le temps, elle a séché ses yeux, elle s'est remise à chauffer mon lait, à m'habiller, à m'embrasser, mais ses gestes étaient devenus mécaniques, elle n'entendait plus mes histoires de la rue, de l'école, elle avait peur de l'extérieur, des autres, de moi, des coups de sonnette, elle ne criait plus *baci mio amore* par la fenêtre, elle n'ouvrait plus la fenêtre.

Elle n'allumait plus le transistor posé sur le buffet, n'écoutait plus les chansons d'amour qui faisaient ricaner mon père. Avant, quand il n'était pas là, quand il travaillait autour du bassin qui allait le dévorer, elle pouvait rester longtemps les mains dans l'eau de vaisselle, le cœur et le regard ailleurs, emportés par je ne sais quel Sinatra. Dès que le poste grésillait et cherchait la fréquence, ses deux mains mousseuses se précipitaient sur le bouton rond pour retrouver les ondes de ses désirs. Elles sont comme ça les femmes, elles bricolent un appareil électrique les mains mouillées et la réalité avec de l'eau de rose.

Je n'ai pas vu le corps de ma mère.

Je suis allé lui dire adieu avant de partir. Elle était assise sur une chaise de formica jaune dans la cuisine, les mains croisées sur ses genoux. Ses yeux n'avaient pas changé, ils étaient comme deux vitres que trop de pluie a salies. Elle a gémi un peu, alors j'ai crié, j'aurais pas dû mais j'ai crié, c'était plus facile de lui faire des reproches que de lui dire que je m'en allais.

— Arrête, Mamma, le temps a passé, plus de quinze ans ! J'en peux plus de t'entendre pleurer. Quand il est mort, j'étais qu'un gosse, tu aurais pu faire semblant d'aller mieux ! Tu aurais pu penser un peu à moi ! J'étais malheureux, moi aussi !

Elle s'est tue. Quand finalement je lui ai dit que je ne reviendrais plus, elle n'a pas fait un geste, elle n'a sans doute pas compris, elle a cru à une menace ou peut-être était-elle soulagée que je n'attende plus rien d'elle. J'ai posé mes lèvres sur ses cheveux et je suis parti. Elle doit être morte maintenant. J'espère qu'avant, elle a fini par retourner en Italie, que là-bas elle s'est assise à l'ombre d'un arbre pour y raconter son long voyage en France. J'espère même qu'elle a perdu la tête comme ces vieilles dames qui disent n'importe quoi avec des voix aiguës de petites filles, c'est mieux parfois, on se rappelle qu'une gamine a habité là, sous la vieille peau.

Ce que j'ai dit à Helena sur les chansons d'amour, je ne l'ai jamais entendu de la bouche de mon père, j'étais trop jeune. Cette phrase, on me l'a répétée et je l'ai gardée. Je ne sais pas s'il la disait en se marrant ou en soupirant, ce n'est pas pareil. J'en ai fait le début d'un dialogue avec lui, le début de la dispute qu'on aurait dû avoir en même temps que mes seize ans. On se serait engueulés tous les deux, c'est sûr, il m'aurait reproché de ne rien faire de ma vie, je lui aurais répondu que ma musique faisait bien plus pour les gens que son syndicat ou son parti. Il m'aurait traité de petit con entre deux quintes de toux, tous les enfants d'ouvriers entendent tousser et cracher leur père. Je lui aurais dit que la musique c'est de la colère, qu'elle a pas besoin d'expert ou de commissaires politiques, qu'elle abandonne personne, qu'elle promet rien, qu'elle est là, qu'elle fait se relever, s'habiller et danser ceux qui triment, qu'elle est si belle que c'est la seule chose que les riches envient aux pauvres.

Enfin, tout ça je ne l'aurais pas dit en une seule fois, parce qu'il m'a fallu du temps pour comprendre. Jeff, Jesse, Art et bien d'autres m'ont raconté, ils m'ont dit les émeutes raciales de leur enfance, le grand voyage en autocar pour rejoindre le rassemblement civique au pied du Washington Monument, ils m'ont appris leur chant de la liberté qui se termine par *Alleluia*. Et moi qui n'en avais rien à foutre de changer le monde, moi que mon père avait laissé sans illusions sur le nombre et les idées, j'ai compris que leur existence et leur musique étaient à elles seules des actes politiques. Et j'ai pensé : moi aussi je suis le fils d'un esclave, mon père avait la peau noire en rentrant à la maison. Et un jour il n'est pas rentré.

Je ne suis pas un grand copain dans la vie, mais dans l'orchestre, je crois que oui, j'ai appris à être présent, au tempo, à ne pas être trop lent, à être presque devant. On entend ça sur tes disques, Trane, McCoy Tyner au piano, il sent venir tes solos, il les anticipe. C'est en jouant que j'ai compris que les autres existaient. On ne se voit pas souvent, mais il me suffit de les écouter pour savoir à qui j'ai affaire, je leur suis fidèle, j'ai pas besoin de m'accrocher.

Je suis venu par la mer. Les bateaux sont pleins d'hommes laissant des femmes derrière eux. Je suis resté longtemps sur le pont, le ciel était bleu pâle, presque gris, le vent soufflait et entrait sous ma chemise, mais je n'avais pas froid, je ne sentais rien, pas même le frisson de l'aventure. Au large des côtes anglaises, je me suis mis à chercher des yeux un vieux cargo qui abritait une radio pirate off-shore qu'on ne captait pas en France, mais dont on entendait beaucoup parler, Radio Caroline et son président Rosko. Le *MV Fredericia*, il s'appelait le cargo, c'était un véritable relais hors la loi de la musique, tout le rock passait par là. Je rêvais de croiser ce vaisseau pirate, je rêvais de le frôler, de faire un signe de la main au capitaine qui bien sûr me le rendrait parce qu'il reconnaîtrait en moi un allié, un combattant de la même cause, la musique, seule révolution possible.

Je me disais même que je pourrais l'accoster, rester un peu, faire la bouffe ou nettoyer le pont et vivre au milieu des vents et des eaux. Ce bateau était bien plus qu'un émetteur, il était la musique, sans patrie, ennemi de la police et des existences programmées.

Mais je n'ai pas vu le cargo pirate. La terre a disparu complètement, l'écume des vagues aussi, ça voulait dire que j'étais loin déjà. J'ai vomi mes tripes et ma honte dans l'Océan.

Je suis arrivé ici le 27 janvier 1968. J'étais barbu et j'ai commencé par me raser. Je n'avais pas changé sous les poils, même gueule de jeune con, mais c'était un autre lieu, un autre temps, j'avais atteint ce petit point lointain que je m'étais fixé, la sensation du rêve accompli montait en moi. Ce qui devait être ma vie ne serait que le reste de ma vie, mais les sirènes de la police ne hurlaient pas contre moi, et pour la première fois depuis des mois j'ai souri à ce dernier bout de mon existence.

J'ai joué et gagné mes premières pièces frappées d'un Président américain à Central Park. C'était ta musique, Trane. J'avais cherché longtemps où me poser, je ne savais pas quel banc choisir, je n'en revenais pas d'autant d'arbres, d'herbe et d'eau au cœur d'une ville, je n'en voyais pas le bout. Je me disais qu'en Amérique tout était toujours plus grand, même les arbres, même le ciel. Et que peut-être les animaux étaient moins fâchés contre les hommes puisque les écureuils couraient partout sans se cacher.

Il ne m'a pas fallu beaucoup de temps pour deviner les frontières, il suffisait de marcher. Quand je montais vers Harlem, sur les coups de 6 heures le soir, vers un club qui m'invite à sortir mon sax de sa boîte, je longeais le parc, je le voyais devenir sauvage et broussailleux, il existait donc une ligne au-delà de laquelle les tailleurs d'arbres et les tondeurs de pelouse arrêtaient leur travail. Quand je redescendais, passé minuit, je voyais changer les lumières, les immeubles, les gens et je ralentissais sur la 5e Avenue, j'aimais regarder derrière les portes vitrées, les portiers noirs en livrée assoupis derrière un bureau vide, les mains sur le ventre, habillées de gants blancs. J'allais jusqu'à Ludlow Street, j'habitais déjà là, c'était le quartier des artistes fauchés et des dealers. Ces deux espèces cohabitent bien. La musique ne protège de rien, c'est une mère, mais une mère supérieure, elle fouille ta jeunesse comme ta chambre, elle te rappelle à l'ordre, à tes rêves, à tes folies et tes prières, alors t'es jamais assez bien pour elle, c'est pour ça que tout le monde se défonce et plonge. Tu l'as fait, Trane, je l'ai fait aussi, mais moins, beaucoup moins, j'avais peur des seringues, des flics et de la taule. Ceux qui en revenaient étaient encore plus fâchés avec la vie qu'avant.

— Helena est morte, Tom.

Morte avant moi, parce que les années de prison ça compte double, peut-être triple.

Le message m'attendait à Central Park un peu avant le coucher du soleil. Un jeune type avait posé son pupitre et jouait du sax. J'ai tout de suite vu qu'il venait d'ailleurs, ça se remarque à des petites choses maintenant qu'on est tous habillés pareil, lui c'était à l'ourlet de son pantalon, trop court. Je l'ai écouté un peu et puis, sans rien lui demander, j'ai posé mon étui sur le banc, j'ai monté tranquillement mon ténor, glissé le bocal, vissé le bec, mouillé ma anche, il me regardait faire tout en jouant, il souriait des yeux, il devait se sentir moins seul. Il me faisait l'effet d'un fantôme, il m'en rappelait un autre arrivé quarante ans plus tôt, j'ai attendu la fin d'une phrase et je l'ai rejoint. Quelques pièces sont tombées dans mon étui resté ouvert, comme quoi j'ai toujours l'air de faire la manche. Je les lui ai données quand on a eu fini et je lui ai offert une canette au snack juste avant l'entrée du zoo. Il m'a raconté qu'il venait de Russie, il avait un visa de trois mois et comptait en profiter pour jouer. On a beaucoup parlé de toi, Trane, on avait la même boussole lui et moi, à ceci près qu'il avait pris le billet retour. Il avait le *Voice* avec lui, ouvert à la page des annonces pour se trouver une piaule, c'est là que j'ai vu mon nom, mon passé égaré entre des avis de recherche et des putes.

Urgent : recherche Thomas Guitti. Helena est morte.

Où est l'urgence puisqu'elle est morte ?

Je sais qui m'écrit et où il habite. J'ai marché jusque-là un dimanche, je me rappelle, un quartier plein de grandes écoles et d'enfants en bleu marine qui promèneront un jour des enfants en bleu marine. Les numéros de la rue s'étaient changés en un compte à rebours, les bijoux faisaient du bruit dans l'enveloppe, les mots cognaient dans ma tête, ceux que j'avais écrits et ceux que je préparais en sachant que je ne les prononcerais pas, Bonjour monsieur, je suis le portrait-robot du journal, un salopard qui s'en va.

Ce n'était pas un portrait-robot, c'était un croquis fait par Helena. Je ne savais pas comment il avait atterri entre les mains des flics et de la presse. Ce n'était pas elle qui l'avait donné, elle n'avait rien lâché, j'en étais sûr. C'était peut-être sa mère, Helena disait d'elle qu'elle s'était fait avoir toute sa vie. Les flics avaient dû lui promettre d'alléger les charges en échange de son aide, alors elle avait fouillé les affaires et les carnets d'Helena, elle leur avait tout donné, ils avaient fait le reste, devait pas y avoir beaucoup d'hommes dans ce carnet.

Le jour où elle l'avait dessiné, nous étions assis face à face au soleil à l'unique table en terrasse d'un café qui faisait un angle, tout près du Carreau du Temple, elle crayonnait et me regardait, elle levait les yeux puis les baissait, elle souriait, je la laissais faire. J'avais l'air d'un autre sur ce dessin. Pas l'air d'un ange mais d'un type bien, avec quelque chose de tendre dans le regard. J'avais peut-être ressemblé à ça une heure plus tôt, dans ses bras, dans ses yeux en tout cas. Nous venions de passer l'après-midi au lit. Le visage prend de ces directions parfois, il n'y a pas que le temps qui le déforme, il y a des instants, il y a faire l'amour, il y a la musique… Je la tenais pour une affaire plus sérieuse que d'être amoureux, Trane.

Ce n'était pas Helena et moi dans le journal, mais Helena et son dessin, Helena et son rêve. Deux c'était son chiffre, pas le mien. J'avais toujours dit que je partirais. Elle gardait le silence dès que j'en parlais, je devinais les mots qui lui brûlaient les lèvres, J'irai aussi, je veux venir avec toi. Mais ce projet n'appartenait qu'à moi, depuis longtemps. Je voulais faire vite, j'étais pressé, j'irais seul. Elle était prévenue.

En approchant le 62, rue des Écoles, j'avais ralenti, je parlais tout seul, Donnez ça à Helena de ma part, si vous ne le faites pas pour moi, faites-le pour elle, j'ai lu votre article, je sens que vous l'aimez bien. Je vais prendre un bateau, je pars, et c'est à vous, que je ne connais pas, que je dis adieu, à vous que je confie ceci, que je demande d'être là quand elle sortira, dans cinq ans, peut-être moins…

Je ne suis pas monté, je n'ai pas parlé, je suis resté un long moment planté dans la cour, comme si j'hésitais entre les étages et la gardienne. Puis j'ai entendu des gens qui descendaient dans l'escalier. Alors j'ai laissé l'enveloppe dans la loge sur une table couverte d'une toile cirée qui me rappelait la cuisine de ma mère. Et j'ai couru en descendant vers la Seine, le grand banditisme n'était pas après moi, je ne fuyais que moi-même. Après Notre-Dame, j'ai ralenti, j'étais essoufflé, il me restait quelques heures avant de reprendre le train, j'ai marché, la ville avait changé déjà, ou c'était moi, j'ai pensé que plus jamais je ne rentrerais dans un bistrot où l'on me demanderait de mes nouvelles parce que j'y aurais mes habitudes, j'ai pensé que plus jamais ce pont, cette rue ne me reverraient, je voulais disparaître, j'ai dû parler tout seul et trop fort, j'étais en boucle, Helena je t'avais prévenue, je t'avais prévenue merde !

Quelqu'un s'est retourné, je crois bien que je chialais.

Je ne retournerai pas en arrière. Elle a peut-être laissé un mot, quelque chose, mais la route est barrée, j'ai cassé ma vie en deux, ma tête en deux, une partie est vivante, une autre morte. Je n'ai même plus de remords, Trane, j'en ai fini avec eux, ils ne servent à rien. Je ne suis pas comme toi, le bon Dieu et ses reproches, j'y crois pas. La vie y en a qu'une et elle est comme elle est.

Ici, c'est chez moi. J'aime cette ville qui fait mine de conduire le monde sans rien cacher de son chaos. Les rues ne font pas d'histoires, elles ne sont que les numéros d'une gamme qui monte vers le nord, le jazz, les clubs. Je suis allé n'importe où pourvu qu'on y joue, je ne rêvais pas d'une carrière, juste de me glisser dans les petites salles obscures avec mon sax, j'y ai entendu des grands et c'était bien plus redoutable que sur les disques, j'y ai joué aussi. J'y ai rencontré Jesse, Art, Roberta, Jeff et bien d'autres, ils savent pour le braquage, ça les amuse, mais ils ne savent pas pour Helena, je ne leur ai jamais dit qu'on était deux, j'ai eu peur qu'ils ne me tournent le dos.

Ça fait quarante ans que je traîne par ici. Je suis vieux maintenant, je suis maigre, j'ai les joues creuses, les cheveux gris. J'ai toujours le même saxophone, lui et moi on est comme deux vieux noceurs, mais c'est lui le plus sentimental de nous deux, c'est lui le champion du sanglot. Tu l'entends, Trane, il joue pour Helena. Je ne l'ai jamais oubliée. On n'oublie rien en s'éloignant, c'est tout le contraire, partir c'est se souvenir. Il me suffit d'un air de toi, Trane, pour penser à elle. C'est dire si j'y pense…

Vous avez disparu en même temps tous les deux, elle en prison, toi en juillet 1967. Je m'en souviens très bien, je me planquais, c'était un lundi, flash de 18 heures dans le transistor que j'avais pris à ma mère qui n'écoutait plus de chansons d'amour :

— John Coltrane s'est éteint hier des suites d'une longue maladie.

J'ai balancé le poste contre le mur, j'avais la rage, j'étais comme un animal traqué et aussi comme un gosse qui panique le soir dès qu'on éteint la lumière. C'était comme si tout le secteur avait sauté, pas une lueur, pas un réverbère, pas une allumette à craquer, c'était nuit noire sur ma vie. J'ai chialé. Le transistor, la musique, moi... tout était en miettes. J'ai embarqué sur un cargo quelques mois plus tard. C'était décembre, il faisait froid. L'Amérique n'avait pas besoin de moi, mais moi d'elle.

Si tout va bien, demain à la même heure je saurai où il est, je serai peut-être même face à lui. Je vous appellerai, Victor, il fera nuit à Paris, mais je sais que vous ne dormirez pas. Depuis huit jours que je suis là, nous vivons, vous et moi, entre deux fuseaux, entre deux siècles, entre ma mère et mon père. Quoi qu'il arrive, quoi qu'il dise, tout me semble déjà différent. Cette ville est une sérénade. Elle ressemble à un souvenir sans que j'y sois jamais venue, elle flotte quelque part entre le rêve éveillé et la réalité, et moi avec elle. Lorsque je suis descendue jusqu'au pont de Brooklyn, j'ai compris pourquoi vous m'aviez dit que c'était par là qu'il fallait commencer. Les craquements, les coups de vent, les câbles métalliques qui se précipitaient sur moi dès que je levais la tête, c'était comme un bateau, un de ces tout premiers bateaux d'il y a un siècle, plein de voyageurs de la cale à la première classe. Il y en avait toujours un, sur le pont, pour crier subitement « L'Amérique ! » lorsqu'un point minuscule se dessinait sur l'Océan. Et j'ai eu envie de crier moi aussi, envie de dire depuis le pont, J'y suis ! Mila, j'y suis !

Fixe un point, ne le lâche pas et tu ne tomberas pas.

Mila, j'y suis ! Tu verrais comme c'est beau ! C'est à des milliers et des milliers de kilomètres de chez nous, il y a du vent, il y a du bruit, il y a la mer. Je sais que cette ville est une chimère et qu'une chimère est d'abord un monstre. Je sais qu'on n'est pas moins seul ici, pas moins pauvre, peut-être plus même. Mais j'ai la tête qui tourne, les cheveux qui volent, comme lorsque je tournais dans ton salon.

Fixe un point, ne le lâche pas et tu ne tomberas pas.

C'était le dimanche qu'elle m'apprenait à danser. Et c'était dimanche, à New York, jour des vêpres et du jazz. 17 heures, Saint Peter's Church, Lexington et 54e Rue, criait le prospectus dans ma poche. Il y en avait des milliers dans son genre sur les trottoirs et dans les poubelles qui annonçaient des soldes, de la musique, de l'éphémère, du rien du tout, mais je n'entendais que le mien. Je serai à 17 heures au coin de Lexington et de la 54e Rue. Ça me laissait quelques heures.

J'ai marché, je me suis laissé porter. J'ai bu des thés fumants et acheté sur le trottoir des raisins mauves sans pépins qui venaient probablement de loin. J'ai senti sous mes pieds le vieux moteur des temps modernes qui fait trembler les voitures sur les rues cabossées et crache de la fumée par les bouches d'égout. J'ai croisé ce qui faisait rêver Mila, Broadway, même si plus rien n'y est visible des nuits, des cabarets, des danseurs, danseuses, musiciens et petits gangsters du siècle passé. J'ai attrapé le *Village Voice* dans sa boîte, jamais encore je ne l'avais tenu, j'ai tourné les pages vers les messages et les avis de recherche, rien, juste le marché habituel de la solitude et du sexe. Le journal a bien changé, Victor, vous m'aviez raconté qu'il était né d'esprits rebelles et artistes dans le quartier de Greenwich, mais notre époque lui a tiré dessus, il est criblé de pub, de gros seins et d'annonces aux couleurs criardes. Il n'est plus qu'un joli pull mité. Il aura connu de grandes heures, comme votre montre. Elle s'était arrêtée au-dessus de l'Océan. Elle affichait 4 h 25 avec beaucoup d'autorité. Ses trois aiguilles avaient attendu d'être côte à côte pour souffler.

J'avançais. J'absorbais. Les clochards de la même couleur que le sol. Les cris d'urgence des pompiers et de la police. Les nouveaux temples du luxe. La poussière qui attend son heure. Les rues condamnées à l'ombre par des immeubles très hauts. Le couinement du métro. Les Chinois. Les Italiens. Les boursicoteurs. Les gays. Le soleil d'hiver. La foule qui vous fait sienne et personne en même temps. Les cicatrices indélébiles d'un mois de septembre. Les soldes. La nourriture. Les cages à base-ball au bord de l'eau. La peur du manque. Les gros. Ceux qui courent par peur de l'être. Les hot-dogs fumants des marchands ambulants. Les enseignes qui quadrillent la ville. Le bruit des marteaux-piqueurs. Les restes d'une campagne électorale. Les jeans bon marché que bien sûr j'achèterai. Les pauvres. Les riches. Les vieux qui travaillent encore. Les vieilles refaites au coin des yeux et des lèvres.

Helena est une antiquité vue d'ici. Les femmes s'inspectent maintenant comme les divisions d'élite, elles se regardent mutuellement, toute marque du temps, tout signe de faiblesse, tout laisser-aller est interdit. Elles ont des griffes et de quoi réparer en cas de casse à tous les coins de rue. Faux ongles et vernis sont posés sans rendez-vous par de dociles petites brunes venues d'Asie. L'orient lime l'occident, ou bien le ronge. Ils sont rouges, les ongles, comme la colère, le sang, la passion, le diable, rouges pour être vus, rouges comme la cire qu'on utilise pour sceller les yeux dans le crâne des poupées sans cervelle. Un jour, les femmes voudront des yeux qui ne pleurent plus, comme ceux dans la mallette, dans ma chambre d'hôtel, les yeux vernis des poupées. Je les ai emportés.

J'ai expliqué, à la douane, que je venais pour le Salon du jouet ancien chez Bertoia dans le New Jersey, que là-bas de vieilles poupées attendaient, aveugles, fatiguées d'être oubliées en haut des armoires avec la poussière et ce qui ne marche plus. Mais les uniformes ne connaissent pas le murmure des poupées, ils n'ont jamais joué avec elles, ils ont toujours rêvé de devenir uniformes. Les douaniers sont restés penchés un long moment sur ma mallette, ils l'ont passée sous les rayons deux fois, une chacun pour être sûrs, je ne sais quel trafic, quel complot, quelle fin du monde ils ont vu passer dans ces yeux-là. J'étais fatiguée, j'ai bien failli leur dire, gardez-les ! faites-en ce que vous voudrez, détruisez-les si ça vous chante ! j'en ai assez des poupées ! Mensonge, leur sourire tatoué ! Mensonge, leurs jolies robes qui dessinent dans nos têtes des rêves de bal qui finissent mal ! Mais il valait mieux ne rien dire. Attendre. Laisser passer la menace dans leur tête de douaniers. Finalement l'un d'eux a rabattu le couvercle et l'autre du menton m'a fait signe d'avancer.

J'étais en avance devant Saint Peter's Church. Quatre scotch fatigués retenaient le programme de la journée, celui de tous les dimanches probablement. 8:45 : Messe. 11:00 : Messe. 13:30 : Messe en espagnol. 17:00 : Vêpres jazz. *Jazz vespers*... mêmes mots que sur mon prospectus. C'était bien là. Une église moderne et pointue : deux triangles de bois séparés par une cage de verre et une porte en acier qu'on aurait pu visser sur les gonds d'un magasin. Ça se passait en sous-sol. Par la vitre au ras du trottoir, j'apercevais des bancs de bois clair, une allée centrale menant vers l'autel. Rarement cette ville invite à baisser les yeux, mais ici, l'église laisse aux buildings la prétention des cathédrales.

Les musiciens étaient là. Je les voyais qui s'installaient dans la salle. Aucun n'était blanc, Tom n'était donc pas parmi eux. J'étais presque soulagée. Pas maintenant. Pas tout de suite. Tant de choses à demander et aucune question à poser. J'ai fini par descendre, l'église n'était pas pleine, je me suis assise au fond comme les nouveaux élèves. On se serait cru dans un ascenseur coincé entre deux étages. Les vitres en hauteur laissaient voir les derniers rayons du soleil et le ballet des mollets pressés. La ville ressemblait à un stade où les moins rapides s'effondrent, tandis que l'église, le jazz, les prières, moi et mon prospectus périmé étions juste en dessous, d'un monde en train de disparaître.

Et puis la musique et les voix ont commencé, *O Lord, O thank you God*. C'était doux, croyant mais sans sermon, une coulée de notes qui ne pleurnichaient pas, ne menaçaient pas, elles parlaient à la tête comme au corps, prier et danser n'étaient plus des contraires, et j'ai encore pensé à Mila, heureuse de me faire danser à l'heure de la messe.

— Pourquoi je m'appelle Angèle ?

— Demande à ta grand-mère.

— Pourquoi je m'appelle Angèle ?

— Parce que tu es un ange, a dit Mila.

À quinze ans, j'avais tatoué un ange sur mon épaule, ma mère ne l'avait pas vu. J'en avais tatoué un deuxième sur ma cheville, elle ne l'avait pas vu, un troisième sur mon poignet, toujours rien vu. Un an plus tard j'avais fugué pendant six jours, j'avais marché comme ici, au hasard, en remontant les boulevards dans Paris, j'avais trouvé un lit chez des amis d'amis, puis chez un homme que j'avais fui dans la nuit, j'avais écouté de la musique à m'en crever les tympans, je m'étais faufilée dans des fêtes dont on sortait en trébuchant. À mon retour, ma mère n'avait rien dit. J'aurais voulu qu'elle se lève, me gifle, me demande des comptes, des noms, des lieux, là où j'avais dormi, avec qui, mais rien. Elle ne m'avait pas cherchée.

Elle travaillait, à Paris, dans un central téléphonique, elle disait, Bonjour madame, Bonjour monsieur, ne quittez pas s'il vous plaît, je vous mets en attente, elle faisait des politesses, elle faisait la jolie voix. Elle rentrait à 19 heures. Elle allumait la télé et s'adressait à moi avec des verbes secs prononcés calmement, Regarde, Prends, Va... Elle avait laissé sa jolie voix au bureau ou ailleurs, il y a longtemps. Un jour, alors qu'elle travaillait, j'étais entrée dans sa chambre dont elle gardait toujours la porte fermée. Une petite voix me disait, Ne touche à rien, mais il n'y avait rien, quelques objets, quelques vêtements, quelques journaux, mais pas une robe dont les boutons manquaient, pas un livre, un carnet, une photo ou une vieille carte postale, rien qui me dise ma mère était belle, ma mère a aimé, rien d'Helena, rien de ma mère d'avant moi. Un ouragan était passé. L'amour avait l'aspect d'un crime sans scellés.

Et moi dans l'église, parmi tous ces gens qui chantaient les yeux fermés et disaient *Amen*, j'ai repensé à cette chambre, elle m'est revenue telle que la première fois, avec son lit défait au milieu. J'ai voulu la revoir, y retourner, la fouiller encore, de très loin mais comme je n'avais pas su le faire auparavant. La musique cette fois m'accompagnait, je m'y cramponnais, elle me donnait du courage, elle me guidait. Il y avait une pile de magazines à côté du lit. Ils ne contenaient que des programmes, je les avais feuilletés et j'avais trouvé idiot d'éplucher les spectacles à Paris sans jamais y aller. Je n'avais pas compris. Pas compris les croix en forme d'étoiles qu'elle faisait dans la marge, aussi folles d'espoir que sur une grille de loto. Elle le cherchait ! Peut-être même relisait-elle des numéros vieux de quelques semaines, de quelques mois.

Elle n'aura jamais trouvé son nom dans ses magazines. Il se peut qu'elle y ait reconnu celui d'amis à lui, des gens croisés au temps des bars et de leurs vingt ans. Alors quand elle éteignait la lumière, qu'elle enfouissait sa tête et son silence dans l'oreiller, elle se disait que, le lendemain ou le surlendemain après le travail, elle irait là où elle avait fait une croix. Je me suis mise à l'imaginer, ma mère, dans la veste de laine bleu marine d'Helena, les poings serrés dans les poches. Je l'ai vue tournant autour des bars, des petites salles, de l'entrée des artistes quand il y en avait une, elle espérait une silhouette qu'elle reconnût et qui la reconnût. Parfois elle rentrait tard sans dire pourquoi. Parfois aussi le téléphone sonnait chez nous, c'étaient des voix d'hommes, elle leur parlait sèchement et pas longtemps.

La nuit était tombée sur New York quand les notes se sont tues. J'ai regardé les gens se lever, les musiciens démonter et ranger leurs instruments. Ils rigolaient et se tapaient sur l'épaule, ils avaient l'air contents d'eux. Je ne bougeais pas. Je devais faire quelque chose pourtant, cette église et son vieux prospectus étaient notre seule piste. C'est lorsqu'ils ont fait mouvement vers la sortie que je me suis approchée.

— Bonjour. Je cherche un homme qui joue du saxophone, il s'appelle Thomas Guitti.

L'homme au saxo a froncé les sourcils, manifestement il ne comprenait rien de ce que je lui racontais. J'ai écrit le nom sur le prospectus, expliqué encore que cet homme dont je lui parlais était français, arrivé il y a des années ici et qu'il jouait parfois dans cette église. Après un court moment, il a marmonné quelque chose qui semblait vouloir dire :

— Je crois l'avoir croisé déjà, mais il y a longtemps.

Il s'est retourné vers les autres. Alors le nom de Tom a circulé, méconnaissable, broyé par leur accent. Et j'ai compris que ces gars-là se parlent et se croisent avec la musique, ils s'estiment, s'écoutent mais n'échangent ni adresse ni téléphone, ils laissent le jazz, l'église, le club décider de leur prochaine rencontre. L'un d'eux a fini par suggérer un endroit. Comme je ne comprenais rien à l'adresse qu'il me donnait, le saxophoniste a pris mon papier et écrit au verso : American Legion Post. 248 W. 132nd St. C'était l'adresse d'un club dans Harlem. Très vite ensuite nous sommes sortis. Devant l'église, je les ai remerciés une dernière fois.

J'ai trouvé porte close au club le lendemain soir. Un vieil homme posé sur les marches m'a expliqué, sans sourire, que j'avais mal lu mon guide, qu'il fallait revenir jeudi, que ça n'ouvrait que deux fois par semaine. Et puis il a râlé parce qu'un lieu comme ça n'avait rien à faire dans les guides. On n'est pas au zoo, il a dit. Je n'ai pas compris, je n'avais qu'un prospectus périmé dans la poche. Il était temps d'aller faire mon métier.

Le surlendemain, j'ai pris le New Jersey transit, un vieux train bruyant, direction le Salon du jouet à Vineland. J'avais la mallette avec moi. Et une furieuse envie de m'en débarrasser. Toujours cette impression que les yeux ricanaient à l'intérieur. Une heure plus tard, j'avais un badge de professionnel du jouet épinglé sur ma veste, autant dire que j'étais une spécialiste de l'enfance heureuse. Devant moi un immense hall, coloré et bruyant. Le sol bleu était comme une nappe recouverte de ce qui n'est plus, de ce qui n'est pas et ne sera pas. Des souvenirs, des désirs et des mirages : l'enfance.

Je me suis dirigée vers les poupées, j'ai vendu les yeux par poignées comme des coquillages qu'on a choisis patiemment accroupi sur le rivage, et qu'un jour on jette parce qu'ils ne sentent plus rien. Puis j'ai quitté la rive des filles et leurs jouets trop dociles pour les faire grandir. Je me suis promenée dans les allées, parmi les toupies de métal réclamant qu'on leur appuie sur le champignon, les peluches au poil ras titubantes de fatigue, les pantins, les marionnettes, les diables sortis de leur boîte aussi avachis que des piliers de bar, les bateaux à roue baptisés Lorelei, les trains électriques à une seule gare et donc sans adieu, et les premiers vaisseaux de l'espace occupés à narguer les soldats de plomb encore embourbés au sol. J'ai pu vérifier que tout était beau avant le plastique, que le rêve américain avait moulé les jouets, à moins que ce ne soit l'inverse. J'ai croisé des regards de professionnels et des mains tremblantes de collectionneurs, je les reconnais à cette façon qu'elles ont de caresser avant d'acheter. J'aurais pu rencontrer là mon accro aux Rolls miniatures, mon fou de singes, ou encore l'Allemand fasciné par Popeye, tous ces gens qui ne se rappellent plus le moment où l'enfance aspire à grandir. J'ai marché vers les voitures et Dinky Toys. Là, une Alfa Romeo rouge, pilote blanc, métal injecté au 1/43, petites jantes en Zamak recouvertes de pneus en caoutchouc, s'ennuyait à côté d'un taxi mécanique allemand de 1912. Je l'ai achetée.

Le lendemain, je ne suis pas revenue. C'était jeudi et j'attendais le soir. Le moment venu, je me suis retrouvée 132e Rue, entre la 7e et la 8e Avenue. C'était ouvert, niché au bas d'un escalier, en sous-sol encore, comme à l'église, un autre de ces lieux en partance vers l'oubli. Là, quand la nuit tombe, une association de vétérans de Harlem prend l'allure d'un cercle de jazz. L'entrée est gratuite mais il faut signer un registre en entrant, celui des amis, disent-ils. J'ai signé, je me suis pourtant sentie une étrangère, j'étais trop blanche, trop seule, trop lointaine, j'avais l'impression qu'ils m'observaient, que leurs yeux me suivaient au fur et à mesure que j'avançais, qu'ils cherchaient à voir comment je réagissais à la musique, si j'avais un lien avec elle ou si j'étais juste un visage pâle qui s'encanaillait à Harlem. Je comprenais mieux le vieux de l'autre jour et son histoire de zoo. Je leur aurais volontiers dit que ça n'a jamais été facile pour une femme d'entrer seule dans un bar.

C'est tout petit et en longueur avec une odeur de poisson frit qui vient du fond, de la cuisine. À droite tout de suite en entrant, les musiciens, et derrière eux d'autres musiciens dans des cadres sur des photos noir et blanc. Ici on est une vedette dès qu'on a joué au moins une fois « avec », avec Parker, avec Coltrane et d'autres du même calibre. De ce moment-là, sommet d'une vie, on garde une photo qu'on accroche au mur du club, à côté des autres, on se rappelle les soirs de fête et de jazz, on boit en y repensant, et on finit par voir les fantômes aux joues pleines d'air bouger encore sous le verre, retenus en vie par la musique. Un portrait est accroché un peu à part, c'est celui d'un homme sans instrument mais en uniforme : Charles Young, troisième officier noir promu par West Point à la fin du XIXe siècle. Il donne son nom à cet endroit fondé par des hommes qui demandent à la musique de leur faire oublier la guerre.

Il fallait que je parle à quelqu'un, que je demande après Tom, ainsi ils sauraient ce que je faisais là. Je me suis frayé un chemin, j'ai commandé une bière histoire de faire couleur locale. L'homme derrière le bar c'était Seleno, tout le monde l'appelait comme ça, il avait l'air d'être le patron ou la mémoire des lieux. Il y avait foule et un vieux boiteux hilare qui jouait des coudes et passait avec la *love jarre* pour recueillir quelques billets. J'ai profité d'une brèche, d'un moment sans commande ni blague, pour me pencher vers Seleno. J'ai dû répéter deux fois ma question, la musique était forte et mon accent pas terrible.

— Bonjour, je suis ici parce que je cherche quelqu'un, un musicien français.

— Y a beaucoup de musiciens ici, même français ! Comment il s'appelle ?

— Tom ou Thomas Guitti.

— Oui, je me rappelle. Saxophone. Pas bavard.

— Il vient encore jouer ici ?

— Y a un moment qu'on ne l'a pas vu. Mais pourquoi vous le cherchez ?

— Il est parti de France il y a longtemps et j'ai des nouvelles importantes pour lui. Vous n'avez pas une adresse ou un numéro de téléphone ?

Ce qu'on ne dit pas finit par se voir et j'avais l'air d'une échappée du passé comme d'autres de l'asile ou de la prison. Seleno ne m'a pas répondu, il s'est à nouveau laissé aspirer par le flot des commandes,

des entrées, des départs. Il veillait au roulement des musiciens sur la scène. Toute personne qui entrait avec un instrument était priée de jouer. Il est revenu vers moi un peu plus tard.

— Vous voulez manger quelque chose ?

— Non merci.

— Une autre bière ?

— Ça ira merci.

Je n'ai pas bougé, je savais qu'il ne m'avait pas oubliée. La *love jarre* passa encore une fois, j'y déposai un billet de cinq dollars, mais j'écoutais à peine la musique, elle était forte, sans que j'y fasse attention. Je brûlais, je n'étais plus très loin, je ne savais pas ce que Seleno savait de Tom, peut-être rien, mais il avait deviné chez lui le déracinement sans retour et ma demande l'embarrassait. Seleno se fichait de me faire plaisir, il ne voulait que le bien de Tom. Il y a manifestement entre tous ces hommes des silences, des secrets et des douleurs que la musique comble. Il est finalement revenu vers moi.

— Je sais dire une chose dans votre langue, c'est un pianiste français qui me l'a apprise il y a longtemps. Il disait toujours en partant, À plus tard dans la vie. Je crois que ça veut dire que c'est la vie qui décide des rendez-vous, pas nous.

— Je suis la vie. Je suis sa vie !

Je ne sais pas ce qu'il a compris, je ne sais pas comment ces mots sont venus ni ce que mes yeux montraient. Le fait est qu'il est parti chercher un numéro de téléphone, le dernier que Tom ait laissé. Puis le boiteux a posé sa *love jarre*, poussé le batteur, pris sa place et s'est mis à jouer des baguettes comme s'il allait tout défoncer. Seleno a levé les yeux au ciel en riant. Ça voulait dire qu'il était bientôt minuit, l'heure de la fermeture. Je suis partie.

— À plus tard dans la vie, m'a dit Seleno avec son drôle d'accent.

Cette nuit, après votre appel, je me suis assis par terre dans mon bureau. La fenêtre était entrouverte et laissait passer un peu de fraîcheur, c'était agréable, j'ai fermé les yeux et j'ai pensé à ce que vous m'aviez raconté au téléphone quelques minutes plus tôt. Votre doigt longeait une carte, une autoroute entre New York et Cleveland, vous cherchiez cette petite ville où Tom s'en est allé jouer quelques mois, vous la cherchiez à voix haute comme si nous allions faire le reste du voyage ensemble, mais c'était loin, beaucoup trop loin pour moi.

Je me suis allongé sur le tapis dans la position de ceux qui scrutent les étoiles, je vous regardais vous éloigner, comme mon fils. Et plus le temps passait, plus le sol se faisait oublier. Je n'avais mal ni au dos ni à la tête.

Alors j'ai imaginé votre minuscule chambre d'hôtel de Saint Marks Place et sa fenêtre en guillotine entrouverte sur le bruit et les sirènes appelées par le feu ou le crime.

J'ai imaginé la carte posée sur vos draps blancs,

méli-mélo d'interminables routes américaines bordées d'un drapeau étoilé posé aussi sur la Lune.

J'ai imaginé cette vieille logeuse de Ludlow Street qui vous a montré le chemin, servi un porto et un chocolat sorti d'une vie périmée. Une Française, dites-vous, quelle coïncidence ! Une Française installée en Amérique sous la photo du mari encore beau comme le GI venu libérer l'Europe qu'elle aima au premier regard et qu'elle suivit à l'heure du retour. J'ai vu depuis ici, Paris, mon bureau, mon tapis, le GI éternellement beau, le bal des souris et la poussière en couche épaisse sur les meubles. J'ai vu tout ce que vous m'avez raconté, j'ai arpenté cet appartement, j'ai tourné autour de la photo du soldat au point d'en faire un ami de mon père, tourné autour de cette vieille femme vissée à son fauteuil, sa fenêtre, son passé embaumé. Avec le temps, elle n'a sûrement plus l'air de la propriétaire mais de la concierge installée au rez-de-chaussée. Je suis sûr qu'elle aime les factures en retard qui obligent les locataires à venir lui parler et à boire un coup avec elle. Je vois d'ici Tom qui lui remet le prospectus de l'église en faisant semblant de l'inviter au concert pour se faire pardonner le loyer en attente, et notre petite vieille qui s'ennuie sans son héros de mari, qui épluche les journaux gratuits et ses transports amoureux et qui un jour voit apparaître le nom de son locataire, français comme elle, mais le plus muet de tous, elle lui en veut pour ça, elle sent qu'il a un secret, les femmes devinent ces choses-là. Alors plutôt que de lui en parler, elle glisse le prospectus dans une enveloppe à mon adresse, elle écrit à la France qui ne lui écrit plus depuis longtemps.

J'ai imaginé ensuite votre route, celle de demain, vous rouliez dans l'une de ces petites voitures que vous aimez rafistoler, vous fonciez sur le fil rouge de la carte parmi les plis de vos draps, moi je n'en avais pas de draps, je dormais par terre sans rien. Est-ce que je dormais déjà ? Je somnolais, je divaguais jusqu'à frôler le cauchemar, parce que, au téléphone, j'ai partagé la stupeur de votre voix, quand votre doigt s'est arrêté sur la carte. Vous m'avez dit : sortie 29, Chagrin Boulevard. Et comme vous j'ai cru à un sort.

Chagrin Boulevard, qu'est-ce que ça veut dire ? Où est-ce que ça mène ? Les mots ne se trouvent jamais là par hasard.

Et le chagrin s'est mis à rôder autour de moi, j'entendais encore votre voix, mais plus celle du téléphone. *Hier soir, à peine rentré, Victor s'est enfermé dans son bureau.*

C'était Madeleine par votre voix. Tout ce que vous m'aviez lu remontait dans le désordre. Le chagrin a de multiples affluents.

Hier soir, à peine rentré, Victor s'est enfermé dans son bureau. Antonin s'est approché, il a frappé à la porte, il a attendu un long moment et lorsque enfin Victor s'est décidé à ouvrir, il a serré si fort notre fils que j'ai compris que quelque chose n'allait pas.

C'était ici, le jour où j'ai remis le message à votre mère place de la Bastille. Il me fallait un sas avant de retrouver les miens. Il me fallait ranger à nouveau les bijoux dans le tiroir. Alors je m'étais enfermé dans ce bureau sans même dire bonsoir. Antonin était venu frapper à la porte, il appelait de sa toute petite voix :

— Ouvre la porte.

Il répétait :

— Papa, s'il te plaît, ouvre la porte.

J'avais ouvert. Je l'avais hissé très haut puis je l'avais serré fort. Madeleine ensuite n'avait rien demandé. D'ordinaire, quand elle était contrariée, elle avait cette drôle de façon de me prendre la main et de me dire ce qu'elle avait sur le cœur, comme si d'un geste elle atténuait le reproche que sa voix me faisait. Elle n'aimait pas les cris. Elle les étouffait dans ses carnets.

Victor a vraiment l'air ailleurs. Je ne sais pas le plaindre ou le réconforter. Je me rappelle les soirs où mon père rentrait abattu par un procès perdu. Ma mère lui disait, Tu as tout tenté.

Je me dis plutôt : et moi, ai-je tout tenté ?

Il y a parfois dans ma tête des moments flous sans mari ni enfant. Mais ça ne dure jamais longtemps, heureusement.

Madeleine espérait sûrement que ces mots me rattraperaient. Et elle en fut totalement assurée le jour où elle tomba malade.

J'ai un cancer. J'ai peur.

Elle n'écrivit plus grand-chose ensuite. Elle laissa ses carnets en pile dans son tiroir. Elle savait qu'elle partirait la première, qu'un jour je chausserais des chaussons plus souvent que des chaussures, que je tournerais en rond dans cet appartement, et qu'alors j'entendrais sa voix à elle, que je serais bien obligé de l'écouter parler de sa mère,

Hier papa est mort. J'ai failli prendre maman dans mes bras, mais je ne l'ai pas fait.

de notre fils, de la maison,

Depuis une semaine, nous avons la télévision en couleurs.

de nous,

Je n'ai pas résisté, aujourd'hui j'ai fouillé le bureau de Victor, c'est une zone sans nous. Le premier tiroir est fermé à clé.

de toutes les choses qui la submergeaient quand je n'étais pas avec elle, c'est-à-dire souvent.

C'est revenu en vrac, d'abord quelques phrases, puis beaucoup. Les meubles qui m'entouraient, qui savaient tout de ma vie, de mes secrets, semblaient se rapprocher, chargés de reproches. Et votre voix s'est effacée, la sienne a repris ses droits, j'entendais Madeleine.

Les articles de Victor me rappellent les procès que plaidait mon père. J'ai grandi et vécu à côté des salles d'audience. Et j'ai entendu beaucoup d'histoires. Ainsi j'ai longtemps cru le danger réservé aux autres. Peut-être qu'au contraire il est tout près.

Maman s'est réfugiée à la campagne. Papa plaide. Victor sourit. Chaque matin, c'est un spectacle de désolation, des voitures brûlées, des rues défoncées. J'ai entendu dire que des manifestants avaient cassé un piano à coups de hache en prétendant que c'était un instrument bourgeois. Ils sont fous.

Le premier tiroir est toujours fermé.

Les baisers raccourcissent avec les années de mariage. Les lèvres s'effleurent.

J'ai mis une claque à Antonin. C'est la première en dix ans. Et ça m'a fait du bien.

Promenade au Luxembourg avec Émilie et nos enfants. J'ai l'impression d'avoir été toujours là, d'être aussi vieille que les arbres. Elle aussi. Elle parle de divorcer.

Ce matin, j'ai réussi à ouvrir le tiroir de Victor avec une épingle. J'ai trouvé une enveloppe froissée avec son nom écrit dessus. À l'intérieur des montres et des colliers. C'est trop de bijoux pour une seule femme. Je n'y comprends rien.

Ce soir dans la voiture, en rentrant de la campagne, alors qu'Antonin dormait, j'ai demandé à Victor s'il pensait que nous aurions un autre enfant, il m'a dit que rien ne lui ferait plus plaisir.

La Baule. Une journée douce, pleine de soleil. Victor a joué longtemps au bord de l'eau avec Antonin, il l'a posé sur ses épaules, s'est mis à courir très vite. Il y avait longtemps que je ne les avais pas vus rire comme ça tous les deux.

J'ai rouvert le tiroir, l'enveloppe est toujours là, moins grosse peut-être.

Je me suis fâchée avec maman au sujet de l'avortement.

Le tiroir est ouvert mais il n'y a plus rien à l'intérieur. J'y ai déposé quelques carnets qui traînaient sur le bureau. Peut-être que Victor me demandera si c'est moi qui ai touché à ses affaires, peut-être qu'alors j'oserai l'interroger.

J'écris de plus en plus rarement dans ce journal, je l'abandonne. C'est que je ne suis plus une jeune fille.

La Callas est morte.

Antonin a seize ans aujourd'hui. Il est beau. C'est toujours bouleversant la beauté d'un homme.

Le téléphone sonne désormais plus souvent pour Antonin que pour moi. Aujourd'hui, rien. À part ma mère et une erreur d'un pensionnat qui cherchait Victor. J'ai répondu nous n'avons qu'un fils et il nous est trop précieux pour qu'on le mette dans des institutions comme la leur. Et j'ai raccroché.

J'ai ouvert les yeux vers 5 heures ce matin, il faisait froid à cause de la fenêtre entrouverte. J'avais dormi là, sur le tapis, par terre, et j'ai souri. J'ai compris comment faisait mon père pendant ses nuits de guerre, il s'installait entre ce qui allait suivre et ce qui était arrivé, il flottait entre les souvenirs et la peur de mourir. Cette nuit, j'ai écouté Madeleine, mon fils qui tambourinait contre la porte, j'ai vu Helena désarticulée par le message dont j'étais chargé, je vous ai vue la première fois que vous êtes venue, timide avec mon article dans votre sac, je crois même que mes parents m'ont dit bonne nuit. J'ai maintenant suffisamment de fantômes et la carne assez dure pour frôler la mort et dormir n'importe où.

Je me suis relevé doucement, j'ai fait rouler mes épaules, tout était en place, et je suis allé faire un café. Vous deviez dormir, Angèle, ou peut-être pas. Comment trouver le sommeil la veille d'un jour comme celui-là ?

Faites attention sur la route. Surtout quand vous prendrez la sortie 29. Ne foncez pas, le chagrin n'est pas une voie rapide, vous le savez bien.

18 février 1972,

Helena,

C'est la dernière lettre que je t'écris. Je t'attends à la maison maintenant. Il me suffit d'un signe, d'un, Viens, pour que je prenne le train puis l'autobus et que je sois sur le trottoir face à la grande porte quand elle s'ouvrira pour te laisser sortir. Ces dernières années ont été dures entre nous, mais n'y pensons plus, c'est fini, tu as tenu le coup et c'est ce qui compte.

Tu dois être heureuse, affolée aussi, de sortir. Viens à la maison, Helena ! Je ne laisserai personne chuchoter sur ton passage, je t'installerai des draps doux, ta chambre sera tout à toi, Angèle dort dans la mienne et moi sur le canapé-lit du salon, il est confortable et puis je me lève tôt. Je te ferai couler des bains chauds où la mousse déborde, je t'offrirai des vêtements à la mode, je ne te demanderai rien, tu prendras des forces, tu rattraperas le temps perdu, j'ai gardé tous les magazines des dernières années, tant de choses sont passées si rapidement dans la vie moderne. Tu resteras le temps qu'il faut pour trouver un appartement, un travail et c'est d'ici que tu t'envoleras, de chez nous, comme ç'aurait dû se passer. Tu as vingt-sept ans, c'est jeune encore, tu n'es qu'un bourgeon.

Je n'ai encore rien annoncé à Angèle, j'ai trop souvent dit bientôt, elle ne sait plus ce que ça veut dire. Elle fait comme tous les enfants, elle compte le temps en nuits, pas en jours.

Elle fait 1,11 mètre et 17 kilos. Elle est droitière. Elle suce son pouce. Elle aime l'école. Les contes. Les chats. Les frites. Le lait fraise. Et la machine photomaton devant le supermarché. La semaine dernière, je l'ai installée sur le tabouret, j'ai tourné longtemps pour qu'elle soit à la bonne hauteur. C'était juste après la classe, elle portait encore sa blouse rouge avec des oiseaux blancs, j'ai voulu la lui enlever mais elle a insisté pour la garder sur la photo, elle souriait d'un air très sage, j'étais derrière le rideau, je l'observais par la fente, la photo a été prise juste au moment où elle levait les yeux vers moi, elle a l'air de faire une grimace. Ils ont de la chance les enfants d'aujourd'hui, il n'y a plus de curé dans la cabine, juste quatre flashes qui leur demandent de sourire.

J'ai l'âge où l'on compare et où l'on se souvient. Le médecin m'a rappelé l'autre jour ce que je voulais oublier à tant courir derrière une petite fille : je suis vieille. Il veut m'opérer des jambes, le sang circule mal, j'ai les veines qui se dilatent et comme des grumeaux à l'intérieur. Je les vois sous ma peau, ça me dégoûte, ma mère avait les mêmes. Qu'il m'opère, je ne veux pas être comme ma mère. Je la revois de dos devant l'évier en train de causer avec les casseroles plus bruyantes qu'elle, devant le cercueil de mon père qu'elle n'avait jamais contredit, et même la première fois qu'elle a croisé une télévision, elle a baissé la voix de peur que les gens dans le poste ne l'entendent.

Je n'ai pas vécu comme elle, je me suis échappée ; c'est ça qui compte, le chemin qu'on a fait, ce qu'on fait mieux que sa mère quand on est une fille. Ça veut dire être plus heureuse qu'elle. Tu dois être plus heureuse que moi, Helena, parce qu'un jour il faut que ça s'arrête le mauvais sort. Ils vont détruire la Petite Roquette, c'est écrit sur un panneau au-dessus de la porte. Un jour tout le monde aura oublié ce qu'il y avait là, sauf toi et toutes celles qui y sont passées. Mais ta mémoire ne doit pas être une autre prison.

Tout le monde a une vie secrète, une voie creusée à l'intérieur par le passé et les regrets. À moi, il m'arrive de danser les yeux ouverts ou d'imaginer le retour de ceux qui ont dit à bientôt sans jamais réapparaître, c'est ridicule à mon âge, mais ça ne fait plus mal. Ta blessure est profonde, je ne te dis pas de l'oublier, ni l'homme qui l'a causée, mais ne la montre à personne, fais-en ta cachette et donne-toi une seconde chance. Le monde va de mieux en mieux, il n'y a plus de guerre, plus de cause pour s'en aller mourir, ton époque est belle, surtout pour les filles.

J'écris dans le désordre, j'écris parce que, ensuite, tu ne me laisseras pas te parler, te dire ma joie, les larmes qui me viennent à l'idée qu'enfin tu sois dehors, l'envie que j'ai de te serrer dans mes bras. Je n'oserai pas de toute façon, je n'oserai plus. J'écris parce que je n'ai que cela, parce qu'il faut que tu viennes, pour Angèle. Je mets le photomaton dans l'enveloppe. Je sais bien qu'elle sera sous tes yeux le rappel à vie d'une absence, mais elle n'y est pour rien. Regarde-la plutôt comme la preuve que c'est arrivé, que cet homme qui s'est enfui t'a un jour aimée.

Helena, si tu reviens, c'est pour Angèle, sinon ne reviens pas.

Mila

Je suis arrivé avant elle, j'ai tout de suite vu les deux flics qui la filaient. Lorsqu'elle s'est installée dans le wagon, ils sont restés sur le quai, postés aux deux extrémités, au bas du marchepied, comme deux voyageurs grillant une cigarette avant de monter. Elle était prise au piège. Ils n'attendaient plus que moi.

J'étais loin, derrière un journal comme dans les films, et il était trop tard pour la prévenir. J'ai vu ensuite chaque séquence de son arrestation : le signal du départ dans le haut-parleur, Helena qui se lève et veut redescendre, le flic qui lui prend le bras tout en lui montrant son insigne, sa tête qui dit non, ses yeux qui m'appellent et scrutent une dernière fois la foule. J'ai lâché le foulard qui pendait au bout de ma main, un enfant l'a ramassé, me l'a tendu, je lui ai dit que ce n'était pas à moi. Il n'était pas à moi, comme cette fille entre deux hommes n'était plus avec moi. Je les laissais tomber.

J'ai fait comme les animaux quand ils sentent l'orage ou le tremblement de terre, j'ai rampé dans le sens opposé. J'ai marché doucement avec l'impression de courir. Une dernière fois je me suis retourné, elle baissait la nuque, elle qui renversait si joliment sa tête en arrière. J'étais sûr maintenant qu'elle pleurait.

J'avais toujours dit que je partirais. C'est flou quand on dit ça, on ne sait ni quand ni pourquoi, ni ce qu'on quitte ni ce qu'on cherche. Cette fois j'avais une bonne raison de partir, mais ce n'était plus le destin qui me tirait par le bras, c'était la trouille. Chaque fois que je me retrouve dans une gare, la même scène surgit. Et j'en ai fait des gares.

Tu es sa fille, hein ? On m'a prévenu que quelqu'un allait venir.

Tu lui ressembles, tu as ses lèvres, ses cheveux, son front, ses sourcils mais des yeux beaucoup plus clairs. Si je n'avais pas le bec dans la bouche, je te sourirais.

Ce n'est pas moi qui ai répondu à l'annonce, quelqu'un d'autre s'en est chargé sans m'en parler, j'aime pas ça, mais ça valait peut-être le coup. Maintenant je sais qu'Helena a eu une fille, une vie après la prison. Je suis heureux de l'apprendre. Mais je ne sais pas quoi te dire, je peux juste te sortir ce que mon saxo a dans le ventre. C'est ce que je sais faire de mieux.

Elle aimait la musique, Helena. Juste avant tout ça, quelques jours peut-être, elle m'avait accompagné au premier festival pop à Paris. Je me rappelle que pour l'occasion j'étais allé aux puces de Clignancourt m'acheter une veste style Kinks, c'était l'époque des jabots, des chemises avec des martingales dans le dos. Tout comptait. Là-bas, c'était la première fois que j'entendais une pédale wah-wah. T'entends ce truc-là,

Helena ?! je lui disais. Elle m'écoutait, elle souriait, elle aimait parce que j'aimais. Il y avait les Cream et plein de monde à l'affiche, ça se passait au Palais des Sports, il était tout neuf, et franchement pas plein. Les gens ne savaient pas encore ce que c'était que cette musique, mais nous on pressentait que quelque chose allait arriver, on était au bord d'une révolution et on voulait en être. Jimmy Cliff a fait un bide, personne alors ne savait ce que c'était que le reggae, mais quand il a repris *When a Man Loves a Woman*, la bouche collée au micro, le front en sueur, serré dans une chemise noire à pois blancs, la salle a frissonné. C'était un tube aux États-Unis. Helena l'aimait cette chanson, à cause des paroles, elle dérivait avec les mots d'amour et moi avec la musique, c'était cruel, nous n'entendions pas la même chose.

J'ai toujours trouvé l'amour dangereux, avec elle plus encore. Elle te filait des responsabilités, sans rien demander, juste en étant là, fragile et déterminée, avec ses yeux qui te clouaient au mur et qui la seconde d'après semblaient tout près de pleurer. Il y avait entre nous des moments suspendus, aucune parole d'avenir et le silence absolu autour des sentiments. Elle venait à l'improviste certains soirs dans le bar où je jouais, elle s'asseyait près du comptoir, je clignais des deux yeux derrière mon saxophone pour lui dire que je l'avais vue, que j'étais heureux qu'elle soit là et que nous dormirions ensemble. Des mois que ça durait, une histoire sans fin, sans suite et sans témoins, comme un joli disque rayé où l'on ne parlait pas de la prochaine fois.

Je ne lui ai jamais dit à Helena comme j'étais bien

entre ses bras. J'étais trop occupé à me croire courageux avec mes projets de départ. J'étais pressé, de grandes choses m'attendaient. Ce club au milieu de nulle part, c'est pourtant ce que j'ai de mieux à te montrer, l'Amérique n'a pas fait de moi un illustre gangster, une pointure du jazz ou je ne sais quoi d'important. Dans ce pays, j'ai fait tous les boulots et traversé pas mal d'États. J'ai repeint des maisons et des palissades à Las Vegas, ramassé des fruits en Californie, dessiné à la craie la tour Eiffel sur les trottoirs de San Francisco. J'ai même filé en Alaska, le Grand Nord me faisait rêver, je pensais que la longueur de la nuit m'irait bien, que j'aurais l'impression de me rouler dans une grande couverture et que je pourrais oublier. Mais le froid m'a fait renoncer. Je suis toujours revenu à New York. J'y ai un lit quand je suis fatigué. De quoi me payer un steak quand j'ai faim. Des amis musiciens qui m'appellent si besoin. Je m'achète des vêtements d'occasion. Je ne crois pas en Dieu mais je suis content qu'il existe dans la tête des gens, ça fait plein de petites églises pour jouer de la musique le dimanche.

Tu te tiens droite comme elle, c'est bien, les jolies femmes se tiennent droite. Que t'a-t-elle dit de moi ? Rien de bon, j'imagine. Pour toi je suis soit un salaud soit un mec qu'a pissé dans son froc.

T'as une paire d'yeux trop beaux pour mentir, ils sont clairs, on voit au travers, ou bien c'est eux qui voient à travers moi. T'y risque pas. Il fait tout noir à l'intérieur. D'habitude quand je joue, c'est plein de loupiotes qui s'allument d'un seul coup dans ma tête, mon ventre, jusqu'au bout de mes orteils, parce que le temps d'un morceau je me sens bien, je vois le chemin, je suis pas tout seul, je suis avec les autres, j'oublie tout, j'ai la vie sous mes doigts. Aujourd'hui que tu es là, c'est différent. J'ai l'impression de descendre des escaliers dans le noir, je vais me casser la gueule, me retrouver sur le cul et rouler sans m'arrêter, il n'y a pas d'étages en moi, pas assez de vies, il faut revenir au début...

Tu sais, Helena est entrée toute seule là-dedans.

Un matin, elle a dit, Je viens avec toi. Elle était debout devant moi dans ma chambre, elle a pris mes poignets, a emmené mes deux mains sur son visage, Je viens avec toi, elle répétait. Et j'ai compris que je m'étais trompé sur son sourire et ses silences. J'avais cru qu'on se ressemblait, peut-être parce qu'elle avait grandi seule avec une mère pleine de regrets, comme moi, qu'elle avait poussé au beau milieu d'un paradis perdu et qu'elle n'aimait pas les femmes qui pleurent. Comme elle ne réclamait jamais rien, je la croyais indépendante, libre de toute attache. Je n'avais rien compris. J'étais trop jeune, trop con à l'époque. J'avais pris son orgueil pour de la légèreté. Helena était la revanche. Elle ne serait pas de celles qu'on abandonne.

Je l'ai embrassée sur le front. Ne t'inquiète pas, surtout ne t'inquiète pas, c'est tout ce que j'ai su dire. Mais elle ne bougeait pas, elle retenait mes mains sur ses joues, elle attendait une promesse dont j'étais incapable. Alors à la fin, je me suis dégagé et même un peu énervé, j'ai dit que oui, un jour, je ne savais pas quand, mais je partirais, que c'était ça ma vie, que je l'avais toujours dit, qu'elle était prévenue. Et puis je me suis adouci, j'ai dit qu'on passait de bons moments ensemble, qu'on devait se faire du bien et pas du mal. Je mentais, mon départ était imminent. Je passais par la bijouterie le surlendemain et puis je décampais. Elle l'avait senti. Ou alors elle avait fouillé mes affaires. J'avais noté quelques adresses et quelques horaires de train. J'avais planqué au fond de l'armoire le pistolet d'alarme.

Elle n'a plus rien dit ensuite, je l'ai regardée nouer la lanière de ses chaussures à talons autour de ses chevilles, enfiler sa veste étroite, puis partir. Elle n'a pas claqué la porte, elle l'a laissée ouverte et j'ai eu tort de ne pas y prêter attention.

Le jour dit, alors que j'étais à deux cents mètres de la bijouterie, elle a fait irruption et s'est mise à marcher à côté de moi. Elle m'avait suivi et j'étais fou de rage.

— Qu'est-ce que tu fais là ? Dégage !

— Je t'accompagne.

Je ne voulais pas de drame, pas de scène, rien qui me fasse remarquer. J'avais mis du temps à repérer cette bijouterie et à me décider. J'aurais pourtant fait demi-tour si j'avais pu prévoir la suite.

— Une dernière fois, va-t'en, ne gâche pas tout, c'est trop risqué, Helena !

Elle ne m'a pas laissé terminer ma phrase, elle a attrapé le pistolet dans mon sac, l'a fourré dans le sien, s'est mise à courir puis à marcher très vite, je l'ai vue pousser la porte du magasin, remonter son foulard sur son visage et sortir le flingue. Je ne pouvais plus reculer, j'ai enfilé ma cagoule, je suis entré juste après elle et j'ai gueulé aux deux vieux qui tenaient la boutique de remplir vite fait les sacs et de baisser le rideau à moitié. C'était bientôt l'heure de la fermeture, ils avaient déjà commencé à vider les vitrines. Restait plus qu'à ramasser. J'avais tout calculé, ça devait prendre dix minutes. La femme a repris son rangement en tremblant tellement fort que les montres s'entrechoquaient, son mari aussi a fait mine d'obéir, mais il fixait Helena, il devinait sa terreur, elle était pâle, muette, accrochée au flingue, son foulard était collé sur ses lèvres entrouvertes comme si elle ne respirait plus. Alors il s'est mis à lui parler, à lui dire qu'elle était sûrement amoureuse mais qu'elle faisait une bêtise, qu'elle ne devait pas écouter le premier homme venu. Il est sorti de derrière le comptoir, je lui ai gueulé de ne pas bouger mais il avançait quand même vers elle. Helena frottait ses mains l'une après l'autre sur ses cuisses, elle transpirait, et il s'approchait, sûr qu'elle ne saurait rien faire de son flingue. Alors j'ai attrapé le bonhomme, je lui ai envoyé un coup de poing en pleine face. En tombant sa tête a heurté le comptoir, du sang coulait dans son cou, il était inconscient, peut-être mort. Je n'ai pas vérifié. Après c'est allé très vite, j'ai attrapé sa femme, j'ai mis ma main sur sa bouche, du scotch autour de ses poignets et sur ses lèvres, j'ai dit à Helena de vider la caisse, on a ramassé les trois sacs et on a filé. On n'avait pas beaucoup de temps, le scotch nous laissait quelques minutes, pas plus, la bijoutière allait forcément sortir et appeler au secours, on a retiré foulard et cagoule, on a marché vite, tourné deux rues, sans rien se dire, sans se toucher. Au métro, Helena était méconnaissable, pâle et figée comme les poupées de porcelaine. Je lui ai dit qu'un signalement allait être donné et que rester ensemble était trop dangereux, elle faisait oui de la tête, mais non de tout son corps, je lui ai dit qu'on allait se séparer là et se retrouver en soirée à la gare, je lui ai dit l'horaire, la destination, Nantes. Elle venait de la banlieue, elle savait tout des trains qu'on attrape avant qu'il ne soit trop tard. J'aurais pu la serrer dans mes bras comme l'étrangler, je lui en voulais d'avoir tout compliqué. Je l'ai embrassée.

J'ai l'impression que tu pleures maintenant. Les femmes, faut toujours qu'elles soient émues, elles ne savent pas faire autrement. Quel âge as-tu, trente-cinq ans ? Moins de quarante, forcément. Elle était en prison, il y a quarante ans. J'ai compté tu sais, chaque mois, chaque année.

Tout le monde à l'époque parlait de la liberté, ils n'avaient tous que ce mot-là à la bouche. Les jeunes ne voulaient pas aller crever au Vietnam, les Noirs avaient la rage, ils chantaient, changeaient leur colère en musique. Très peu de gens jouaient bien, rien n'était en place, mais tout le monde s'en foutait, c'était brut, ça sonnait, c'était plus calibré pour la radio, ça durait, ça débordait, de LSD surtout, c'était poétique et politique. C'est pour ça que les chansons d'alors se chantent encore, qu'elles sont devenues des mythes, des arbres immenses. Il faut désobéir pour prétendre à l'éternité.

Mais pour moi, alors, la fête était finie. Depuis le début, j'avais confondu ma destination et mon destin. J'étais arrivé. J'avais juste assez de souffle pour mon saxo. Je ne voulais plus qu'une chose, me fondre dans la musique, qu'elle me raye de la carte, qu'elle m'emporte ailleurs, et qu'il ne reste de moi que des notes qui se dispersent comme des cendres au vent.

J'ai longtemps pensé qu'un jour on viendrait, un flic évidemment, ou quelqu'un d'avant, qui serait de passage et ne trouverait rien de mieux à faire que de croiser mon chemin. Pendant des années, il y eut des silhouettes suspectes. Des cauchemars, comme des coups dans la nuit contre ma porte ou le tintement d'une sonnette qui insistait et finissait par me réveiller. Quand j'étais petit, les mauvaises nouvelles avaient la politesse de sonner et de s'essuyer les pieds avant d'entrer.

Et puis un jour, j'ai arrêté d'avoir peur. J'ai compris que les pas derrière moi étaient dans ma tête. Que rien ne s'effacerait, que les mouettes criaient toujours la même chose, la même alerte, sur la jetée du départ et celle de l'arrivée. Il me restait à durcir.

Qu'est-ce qu'on va se dire après ? J'aurai l'air de vouloir me trouver des excuses et ce ne sera pas juste. Je voudrais que ça ne s'arrête jamais ce morceau, ne pas avoir à parler.

Me dévisage pas comme ça avec ton regard mouillé. Ma mère me disait, quand on a deux émeraudes à la place des yeux on ne pleure pas. Elle faisait partie de ces pauvres qui croient les gens riches toujours heureux. J'avais les yeux de mon père, verts.

Verts. Comme toi.

Mais que peux-tu savoir de mon chagrin ? Que puis-je savoir du tien ? Il y a dans le passé des choses qui ne s'expliquent plus ensuite, c'est comme ça. C'est quoi l'urgence alors ? Il était bien question d'une urgence dans le message. Qu'est-ce qu'elle t'a dit qui t'a fait venir jusque-là ? Qu'avons-nous en commun sinon la même couleur d'yeux et le souvenir d'Helena ?

Tes yeux.

Tes larmes.

Helena.

Et ce fichu piano, roi du mélo... La musique ment parfois, elle a un faible pour les refrains faciles. Moi j'aime pas les belles formules et les mélodies bon marché !

Putain non ! Non, non, non ! Les femmes mourantes ne murmurent pas toujours le nom d'un père. Non, Helena n'était pas enceinte ! Elle était si menue sous sa robe noire, j'aurais vu, j'aurais su, elle me l'aurait dit ! Rien que pour me retenir, elle me l'aurait dit !

Et puis les hommes aux yeux clairs ne manquent pas dans ce monde. T'es née quand ? où ? en prison ?

C'est vrai que nous ne faisions pas toujours attention. Elle grimpait les marches deux à deux dans l'escalier qui menait à ma chambre. Elle n'avait pas peur et moi j'étais comme un fou. Ensuite, nous faisions l'amour comme deux danseurs marchent vers l'inconnu avec quatre bras et quatre jambes. Son corps disait ce que ses mots n'osaient pas. Il était pâle et lumineux dans le noir de ma chambre. Il ondulait. Elle promenait ses lèvres sur ma peau, inspirait fort au creux de mes aisselles et quand c'était fini, elle restait accrochée toute la nuit, ses chevilles entre les miennes. Je sais qu'on ne raconte pas aux enfants comment leurs parents font l'amour, mais ces devinettes-là t'ont peut-être manqué. Et puis tu es grande. C'est étrange, tu es plus vieille que ta mère.

Peut-être as-tu l'âge de mon saxophone. Il est de 1967.

Je ne l'ai jamais laissé nulle part. Je l'ai serré contre moi tout le temps. Un instrument comme celui-là, c'est pas une guitare qui miaule dès qu'on la touche, il faut lui donner ton cœur, ton corps, ton souffle pour qu'il t'offre un son. Et je lui ai tout donné. À force de me serrer les lèvres et de me fermer les yeux, c'est lui qui a dessiné mes rides les plus profondes.

Tu as sans doute cherché à m'imaginer, moi pas. Je n'ai jamais pensé avoir un enfant jusqu'à aujourd'hui. Plus de soixante ans sans jamais songer à être un père, c'est qu'on n'est pas fait pour ça. Si je t'ai donné ces yeux-là, c'est tout ce que j'ai pu faire et ferai jamais pour toi. On ne peut rien y changer, ni revenir en arrière. Nous ne sommes pas juges du temps perdu.

Je suis sûr d'une chose, elle t'a aimée pour deux, elle t'embrassait, elle savait te rassurer quand tu avais peur, elle pouvait te soulever haut pour que tu croies voler, elle pouvait tuer du regard à la sortie de l'école celui qui t'avait fait un croche-pied.

Elle était tellement gaie, elle débordait, elle avait beaucoup à donner, c'était trop pour moi mais pas pour un enfant. Lorsque je l'ai connue, elle était encore une jeune fille qui commandait des boissons sucrées dans les bars quand je pensais que l'alcool faisait de moi un homme. Elle aimait les mystères, elle commençait souvent ses phrases par, Devine ! Elle était chatouilleuse, il suffisait de la frôler pour qu'elle se tortille dans tous les sens, ça, tu as dû t'en rendre compte. Elle aimait lire aussi, elle me racontait souvent le roman qu'elle venait de terminer, mais jamais la fin car elle voulait me le prêter. Je lui promettais de m'y mettre mais je ne le faisais jamais. Nous les musiciens nous ne sommes pas des gens très instruits, nous sommes des séducteurs.

Elle a dû t'en raconter des histoires, allongée avec toi dans ton lit le soir, elle devait monter et descendre la voix quand arrivait le loup, tirer haut le drap et les couvertures sur toi, elle devait avoir peur que tu aies froid, elle qui frissonnait au moindre courant d'air. Elle a dû te montrer des films aussi, elle adorait le cinéma, surtout les comédies américaines. Elle en voyait beaucoup, et si le film l'avait déçue, elle était heureuse d'y être allée quand même.

Est-ce qu'elle t'a appris à dessiner ? Est-ce qu'elle a chanté ? Forcément, toutes les mères chantent. Elle avait un joli brin de voix. Un jour je l'ai surprise qui se regardait fredonner dans la glace des airs à la mode en fronçant les sourcils. Parfois des cernes creusaient les ombres de son visage, parfois elle avait le teint d'une rose, sans que je sache très bien ce qui déclenchait ces météos changeantes. Elle n'était pas du genre à se dévoiler, et moi pas assez porté sur la tendresse pour poser des questions.

Quand ce morceau finira, tu viendras vers moi ou c'est moi qui irai vers toi. N'attends pas d'excuses. Je suis arrivé là où je voulais aller même si je suis loin de ce que j'avais espéré. Je n'ai jamais joué comme j'aurais dû, comme j'aurais voulu, j'ai connu de grandes joies certains soirs, mais la technique seule ne fait pas le musicien, il lui faut l'innocence et je ne suis pas innocent. Je suis un fuyard planqué derrière ses rêves. Tu dois trouver qu'ils ressemblent à n'importe quel décor de série américaine.

Tu viendras vers moi ou c'est moi qui irai vers toi, je te dirai ces mots qu'elle attendait, mais que je n'ai jamais su lui dire, parce que je ne les connaissais pas, parce que je m'en foutais, parce que la liberté allait contre les sentiments, parce que c'était des pièges les larmes des mères et aussi celles des filles, parce que les amoureux ressemblent toujours à des enfants et que j'ai longtemps eu le dégoût de l'enfance, parce que j'ai voulu m'envoler, parce que je ne voulais pas avoir besoin d'elle, parce qu'une fois à Nantes je ne l'aurais pas laissée embarquer avec moi, parce que l'amour c'est pas fait pour être compris…

Quand ce morceau finira, je te dirai simplement, ton père et ta mère se sont aimés.

Que soient remerciés tous ceux qui reconnaîtront dans ces pages des mots, des moments, des kilomètres que nous avons partagés.

Du même auteur :

MAUVAIS GÉNIE, avec Marianne Denicourt, roman, Stock, 2005

C'ÉTAIT MON FRÈRE..., Théo et Vincent Van Gogh, récit, L'Iconoclaste, 2006, Folio n° 4929

LA NUIT DU FOUQUET'S, avec Ariane Chemin, essai, Fayard, 2007

L'INTRANQUILLE, avec Gérard Garouste, récit, L'Iconoclaste, 2009

LES FAIBLES ET LES FORTS, Stock, 2013

PAPIER À BASE DE FIBRES CERTIFIÉES

Le Livre de Poche s'engage pour l'environnement en réduisant l'empreinte carbone de ses livres. Celle de cet exemplaire est de :
250 g éq. CO_2
Rendez-vous sur www.livredepoche-durable.fr

Composition réalisée par PCA

Achevé d'imprimer en juillet 2013 en France par
CPI BRODARD ET TAUPIN
La Flèche (Sarthe)
N° d'impression : 3001350
Dépôt légal 1re publication : août 2013
Édition 02 – juin 2013
LIBRAIRIE GÉNÉRALE FRANÇAISE
31, rue de Fleurus – 75278 Paris Cedex 06

31/6176/7